从警手记系列

奇案直击

李焕志⊙著

群众出版社
·北　京·

自　序

参加工作以后，除去当了一年工人以外，我始终工作在政法岗位，其中光从事公安工作就整整二十年，占去了我职业生涯的大部分时间。

因此，在侦破案件中，日夜奋战、风雨奔波、殚精竭虑、呕心沥血地与犯罪分子较量的情节已经成为我终生的记忆。于是，退下来之后我产生了一个想法，干脆把时常萦绕于心的一些案件写出来，以求对自己和与之共同战斗过的那些逝去的或健在的老领导、老同志作个交代，并对仍在这一光荣岗位上辛勤工作的同志表示敬意！

随着科学技术的日新月异，如今的办案技术与手段已经日新月异。破案证据早已不是当年的“六种证据”，增添了现代化的视频、影像、DNA 检测、卫星定位锁定通信工具等现代科技手段。我所述的那些案例在破案技巧和技术手段方面与现在相比显然早已落伍，甚至有些不合时宜。

但是我认为，无论科学如何发展、技术如何更新，有一点始终不会变：任何犯罪活动都受贪婪、狡诈、凶残的罪恶心理所支配。因此，侦查人员在打击犯罪分子时，更须时刻保持清醒的头脑、冷静的心态；在与罪犯斗争中，更要反应机敏、应变迅速，始终技高一筹、先敌一步。当然，最重要的是要有一颗为公平正义而战的责任心，这一点是克敌制胜的法宝，也是亘古不变的。

本书分为两个部分，上篇是历史奇案，下篇是案件思考。

历史奇案，写的是我所经历或亲身参与侦办的一部分案件。案件多发生在二十世纪七八十年代，即“文化大革命”期间和改革开放初期。

所谓“奇案”之“奇”，是相对于那个时代而言，表现在作案手段比较奇特、怪异，超乎人之想象；破案过程奇巧、偶合，超乎人之常情。

案件思考，则通过对不同案例的剖析，思考其发生的原因、作案人的心理特征，以及个别发案单位、破案人员的政治态度、思想意识及业务能力对办案效率和效果的影响。

我对有些案例中的因特定社会原因而犯罪的当事人表现出了惋惜和同情，显得感性成分多了一些，这并不是因为我法律意识淡薄或者缺少原则，而是我对于人性的一种探寻和思考。

我不计文体、不讲修辞，秉笔直书、笔随心意。虽然笔意随性，但是我的创作态度是认真负责的，力求创作忠实于案件原貌。尽管在创作中为了避免不必要的麻烦，专案组成员和犯罪嫌疑人均使用了化名，但每个故事都取自真实的案例，是根据我各个阶段的工作日记或者笔记整理出来的。为确保一些关键细节的真实无误，我还走访了许多当年一起办案的同事，对一些情况进行了严谨的调查和核实。

这些案例如能引发朋友们对当时法制状况的一番思考，并为研究此段历史的人提供一些素材，为您工作之余增添一丝乐趣，即是我之所愿。

由于水平有限，书中如有谬误，敬请广大读者朋友不吝赐教。

李焕志

2013 年 5 月 1 日

目　录

上篇　历史奇案

目　录

下篇　案例分析

上篇　历史奇案

河底沉尸案

1974 年，全国仍处于“文化大革命”的狂潮之中。“批林、批孔、批周公”，暗有所指。学大寨、大搞平整土地，劳工费时。说也奇怪，这一年河北省涿州（当时称涿县）恶性案件频发，而最终得以破案却都与“深翻土、广挖地”有关，好像冥冥之中预示了当初的平整土地运动即是预兆。这些案件作案手法之隐蔽和为了逃避打击而煞费苦心使出的奇特手段，自新中国成立以来十分罕见。

从 1972 年初夏开始，涿县城南的南马乡严庄村（当时叫南马公社严庄村大队）便有母女二人常来公安局告状。母亲六十岁左右；女儿二十岁出头，是乡村民办教师。母亲反映的情况是其子张平于去年春（1971 年）3 月 16 日晚上还在家，可从第二天开始便失踪了，直至如今也不见儿子的踪影，音信皆无，活不见人，死不见尸。亲戚朋友处都打听过了，儿子没有去过。张平已丧父，现有老母、小妹、幼弟，还有妻子和一个不满十岁的儿子。在公安局的办公室里，老人对治安股股长高贺林和办公室主任茹均说："我家有一大家子人，他又没和家里争吵过，怎么会连招呼都不打就不见了人影呢？我怀疑儿子叫我村韩熊和我家儿媳陈桂荣一起害死了。"问她为什么这么说，老人答，韩熊和她的儿媳妇通奸。又问："怎么证实他们通奸？"老人说："韩熊有事没事常上我儿媳妇家来，这种事看得出来。我这双眼错不了。"问讯人员说："人命关天，得有证据。没证据不能随便下结论。现在，尽快找到你儿子的下落才是关键。"

当时县一级还没建刑警队，刑事案归治安股管，于是治安股将此案汇报了局领导。局长邢德春指示，由南马乡公安员①杨林（当时还没建派出所）调查此事。经调查：张平确实突然失踪，至今音信皆无。至于韩、陈二人通奸一事，村里有传言，可谁也没亲眼见到，未查到实据。因此只能加大力度，查找张平下落。

1973 年春，母女二人又来局里告状，说张平肯定是叫韩熊、陈桂荣两人害死了。她们要求公安局派人调查。她们的理由还是韩、陈二人因奸害命，但仍拿不出证据。我们只好给二人做工作，说明公安局并未放弃侦查，一直在查找张平的下落。来局里路远（因其村已靠近涞水县境）有事可到公社找公安员杨林联系，公安员正奉命查找她儿子的下落。母女二人答应了，快快而回。

1974 年春，南马乡公安员老杨来局治安股反映：张家突然接到一封信，是张平从山西发来的，地址写的是山西省，只注

① 公安员，当时公安机关派驻乡镇的办案人员叫公安特派员，简称公安员。

明情况内详，没写山西具体地址。信的内容是说他现在山西某地做临时工，要家里放心。母女二人见信根本不信，说信的内容是别人捣鬼写来骗她们的。我们认为她们说得有道理。再说，20世纪70年代那种政治气候，正是阶级斗争必须年年讲、月月讲、天天讲的时候，外出做工必须有生产大队、公社的两级证明，以证明身份。不然以当时中国之大，无此介绍信，生人在外地根本无法存身。同时，张平也绝不可能丢下家人和不满十岁的儿子连招呼也不打，就连夜匆忙出走。家庭无变故，本人无任何意外发生，根本不可能不顾家人连夜不辞而别。这太违反常理了。这封信证明公安局调查张平的下落惊动了与此事有关的人。这件事到底是什么性质还难定，因为未查到张平的下落。但惊动了事件的知情人，更证明了此事非同一般。不早不迟，在我们连续三年坚持追查张平下落时出现这封信，说明对方沉不住气了，来信显然是想制造张平在外当临时工的假象，以说明人还在，但不写具体地址露出了马脚，证明信中内容应是假的。问公安员老杨信和信封的下落，以便找嫌疑人做笔迹比对。但老杨说，信封和信纸张家没交到他手里，现已失落。但有心人注意到，信封上的邮戳是从本地邻乡松林店镇发出的，显然信件系伪造，目的是要转移视线。这样狐狸尾巴就露出来了。

面对此种情况，公安局局长邢德春感到了此中的蹊跷和问题的复杂性与严重性。对方已经露出了破绽，需要加大工作力度了。于是，和南马乡联系，以抓生产工作为名派我和城关派出所石伯明、松林店派出所所长蒋祥瑞等人组成的工作组到该村。白天我们挑水、栽红薯，和村民们一起干活。夜晚则走家串户，秘密访查韩、陈二人及张平夫妻二人的家庭情况。

刚开始时，村民们都支支吾吾的，后来见公安局的决心很大，真要弄清问题，这才吐露真言。

原来，韩熊兄弟三人，都在本村。他本人身高一米六多，三十五六岁，瘦小枯干，一眼已盲。他性格内向，话语不多。在人们的印象中他有些“阴”，就是你不会轻易知道他在想什么，表现得颇有点儿城府似的。因有眼疾，他娶了个盲人做媳妇。韩熊有点儿文化，在生产小队当会计。本来他一眼瞎娶着个瞎媳妇也不容易，所以一开始还行。可后来他对瞎媳妇越来越不是那么回事，整日非打即骂。再后来，干脆把她轰回了娘家。这时村里人才开始起疑，你轰跑了瞎媳妇，再能上哪儿娶去？后来人们见他整日往张平家里跑，才看出了门道，发现韩熊和张妻陈桂荣关系暧昧。这种事瞒不了大家的眼，从他们的行为举止可以看出来。群众反映，张平生得个高，身材魁梧，三十多岁很强壮的小伙儿，相貌长得也不错，很受看。若论体格，韩熊两个也不是张平的对手。但张平为人老实、厚道。张平之妻陈桂荣与他同岁，在女人中算是大高个，有一米七高，长得白净，体形丰满，很漂亮的一个人。按村里人讲，二人身高、相貌很是般配。但有一样，陈桂荣虽然生得漂亮，但是有些爱占小便宜。可能是因为日子不宽裕，再加上家里有老人、小妹、小弟、小孩儿，只有她和张平两个劳力的缘故。而韩熊长相虽不济，却是小队会计，日子上强些。所以，他常在分粮、记工分、秋后结算上给陈桂荣一些便宜，还时不时地接济陈一些钱和布票、粮票。张平家住村东头，靠村边，是临东西街路北的一个院。院里又分前后两个院，前院坐北朝南三间房是张平夫妻和小孩儿住。后院也是三间北房，张平母亲和弟妹住。往东上坡坎二十多米就是他们生产队的场院。张平天天出工，韩熊是会计不用出工，上场院转转，看看饲养室和库房是他的本职工作。而从场院一下坡坎就到了张平的家里。他家位置偏僻又是前后院地分着，张平白天不在家，这都给韩熊去幽会陈桂荣提供了便利条件，不易被张家母女察觉。有时韩熊不进院，说好了隔着墙把钱扔到院里。虽说有如此方便的地理位置和条件，又行动隐秘尽量避人，但天下没有不透风的墙，久而久之还是有人察觉了，事情便在私下里悄悄地传了出来。日子一久，陈桂荣虽然觉得张平个头相貌不错，但开始嫌他太过于老实，甚至觉得有些窝囊。于是看韩熊也不那么丑了，因而日久勾搭成奸。先是她婆婆有所觉察，于是告诉张平小心点儿。后来，村里人也都觉出了两人的关系暧昧。但张平却毫无觉察。韩熊来家里，张平也不拿他当外人。就这样张平养虎为患，不知韩熊对他早已包藏祸心。事到如今，张平到底是死是活谁也说不准。但张平确实是在前年开春突然失踪的，至今三年了都没消息。韩熊心狠手辣，大家都惧怕他。他家兄弟多，又有人在大队当干部，所以大家有顾虑，为此张平失踪一事长期无人为张姓母女出头。

工作组了解了这些情况后，立即回来向邢局长作了汇报。这三年来，张平活不见人、死不见尸。村民只是传言陈桂荣与韩熊有染，但是谁也没亲眼看见过。

听了我们的汇报，局党委开会研究案情。最后邢德春局长从其多年的公安经验出发，并请示了保定地区公安处治安科，决定拘捕陈桂荣，尽量从她这里打开突破口，看张平到底身在何处。这时已是秋天，“青纱帐”正浓密。邢局长亲自安排该村的支书，要其谎称陈桂荣娘家有事，让她马上回离村几里外的娘家。邢局长带政保股副股长孔繁瑞、治安股股长高贺林、我及司机胡为民，按事先约定的时间埋伏在陈桂荣要出村的必经之路。一切就绪，专等陈桂荣出现。半个多钟头后，迎面来了个骑车的妇女，年轻、高个、丰满，支书从远处向我们举手示意。我们知道此人正是张平之妻陈桂荣。她骑到我们车前，我们立即将其拦住，将人带车推上后开门的大吉普车。陈桂荣不明所以，刚要喊，老孔即对其训道：“我们是公安局的，找你了解问题，不是谁要劫你。”张妻一听，竟然不喊不闹，乖乖地跟我们上了车。她的这一反常表现被我们一一看在眼里。

到局里，邢局长、何副局长亲自审问，我做的记录。陈桂荣一开始拒不交代，后经做工作又顾虑重重。再经详细交谈给出政策后，她才开始吐露真情。陈桂荣交代：“我确实贪图韩熊的小恩小惠。他不时给我些钱粮、布票，我觉得欠他人情。他一勾引，我就从了。后来，韩熊总想害死张平，和我做长久夫妻。为此，他把他的瞎眼媳妇也轰回了娘家。早在三年前，他就叫我毒死张平。为这个，他还买来了信石，叫我给张平下毒。我没敢。毕竟十多年夫妻了，我下不了手。韩熊见我老是下不去手，他等不及了，就想在夜里将张平诓出去害了。三年前阳历三月十六号的晚上，韩熊来我家让张平和他一起去拒马河河滩偷几棵树，说是盖棚子用。张平答应了。就这样，他俩到河滩地坡上偷树去了。半夜里，韩熊回来了，满脚是泥，张平没回来。韩熊对我说：‘我把他处理了。’我一听，知道他把张平弄死了，吓得一屁股瘫坐在了锅台上。我问他：‘你怎么弄的，在哪?’他说：‘这你就别管了。’他没告诉我详情。我正心里害怕呢，这时韩熊把我抱到炕上说：‘你别害怕，有我呢。不处理了他，咱们俩总得躲躲闪闪的，老得防着他。这下好了，不用防了。光那个丫头片子和那个老东西不用怕她们。’我还没醒过神来，他就解开了我的裤子，和我发生了关系。我当时迷迷糊糊地和做梦一样，也不知道怎么完的事。事后他对我说这是咱们最后一次了，下一次得等两三年后再说。临走时，他嘱咐我说：‘从今往后咱俩谁也别理谁，过个两三年风声过了我们再结婚。’说完他就走了，好一会儿我才缓过神来，提着裤子插上了门。他走后我吓得一宿未合眼，看着一旁张平的被褥，他的影子老是在我眼前晃。我胆小，睡不着。从此，韩熊和我再不来往，见面也很少说话。我也知道小姑和婆婆老到公安局去告状，因为理亏我也不言语，装作不知道。”

陈桂荣虽未交代出韩熊作案的细节，但交代了重大线索。那就是当夜韩熊将张平害死了。

经过几天的紧张侦查，到秋收作物上场时，我们决定对韩熊采取行动。这天，邢局长带领治安股股长高贺林、政保股副股长孔繁瑞、我以及司机胡为民，驱车到南马乡严庄村，在秋场上将韩熊刑拘。韩熊不老实，还想在秋场上的社员面前充好汉，假装不在乎似的胸脯挺得高高的。于是，我们将其五花大绑，捆得腰都直不起来，他也就充不了好汉了。随即将他押上吉普车，赶回公安局。

局里抽调了精干力量组成了审讯组，邢局长亲自挂帅，由高贺林、张立群、孔繁瑞几个人审问。面对讯问，韩熊顽抗，一言不发，拒不招供。之后，邢局长不厌其烦地对其做工作：

"陈桂荣已经交代了你在那夜以偷树之名将张平骗出的情况。你赶快说出张平埋在河滩附近的具体位置，争取从宽处理。政府要是发动群众的力量，就是上天入地，我们也会把张平的尸骨找到，这是早晚的事。所以对你来讲，主动交代掩埋尸体的地点，比我们发动群众挖出来强。所以对你来讲，早交代要比晚交代强，不要不见棺材不落泪，等见到了张平尸体再交代就晚了，就失去了主动交代在量刑上对你有所考虑的机会。"这些话，字字句句像重锤一样击打着韩熊的心。听着这些韩熊那只独眼一个劲儿地打转，他仔细回味着邢局长的话。他这个小队会计常用算盘珠做花账造假，所以以己之心度人，他也在考虑局领导的话是真是假，自己该如何回答。他掂量这些话的分量，反复思考，若交代后将落到何种结果。邢局长等人察言观色，看穿了韩熊的心思，又进一步加大了对其心理上的攻势。这样，几经政策感召，反复交代利害关系，说明其破坏他人家庭、夺人妻、害人命之无耻、可悲，使人家老母花甲之年无人赡养，小妹、幼弟、幼儿失去依靠，启发其良知。最后，韩熊长叹一声说："总不过是一死，人是我杀的，已经三年了。"随即他交代了作案过程。原来韩熊给张平妻毒药要其给张平下毒，而张妻总下不了手。之后，韩熊就酝酿了多种谋杀张平的方法。因张平身高力大，而韩熊瘦小，硬干绝不是张平的对手。于是他便想出了这个将其诱出户外，远离村子，乘其不备暗中偷袭的方法。地点他也精心考虑过：拒马河河滩离村远，这样得手后便于在野外掩埋尸体而不易被人发觉。于是，就有了下面的一幕。

1971 年初春 3 月 16 日的夜晚，韩熊约张平去河滩偷树。

其村向东几里北转即是拒马河，河岸多杨、槐、柳等杂树。张平不知是计，毫无戒备地随韩熊从村里出来走了二里多路，来到了村东北边的拒马河河滩上。他们选定了几棵树。挖了几锨后，韩熊说先歇会儿，抽支烟，一会儿再干。张平就坐在了坡上。韩熊假意说解手，麻痹张平，却转到他身后，趁其不备突然拿长柄尖铁锨用尽平生的力气，猛地向张平后脑拍去。这一拍薄薄的脑颅骨哪里经受得起？可怜的张平毫无防备，没容得哼一声，这个魁梧的小伙儿竟然被韩熊这个身材瘦弱之人暗中下手，一击之下毙命，无声无息地倒在了坡地上。韩熊俯身仔细查看后，确信张平已死，遂将其拖到河坡下，又拉拽到河中间滩地上挖坑深埋。算来至今已整整沉尸三年了。

听韩熊交代完作案过程，事不宜迟，邢局长立即组织人马押解韩熊前往严庄村作案现场挖掘尸首。松林店镇派出所公安员蒋祥瑞、徐焕义立即前往严庄村配合工作。南马乡公安员杨林、宗贵林马上向乡党委通报并要求立即通知严庄村党支部、大队干部组织基干民兵挖掘尸体。

布置完，邢局长电话联系保定地区公安处，请求派法医、技术人员来涿县勘查凶杀、埋尸现场。

现场挖掘张平尸体的工作经此布置有条不紊地开始了。

副局长何润与高股长带领人马乘车到达严庄村时，公社赵文彪副书记、办公室张景山主任已赶到严庄村，公安员老杨、老宗和大队党支部书记赵诚、副书记王祥、治保主任陈庆林等人按邢局长指示已经组织好几十名基干民兵等候了。简单寒暄之后，高股长叫民兵们待命，只和公社赵书记、张主任、大队治保主任陈庆林、同来的民警一起押解着韩熊向他供述的拒马河河滩处掩埋尸体的地点走去。

从严庄村出发沿庄稼路向东走了二三里地，再折向北到了正在收割的庄稼地，又走了几百米来到拒马河河堤。只见拒马河河坡大堤的南岸，树木茂密，都是檩条粗细的加拿大杨树。而在堤岸向北的堤坡上都是逐年栽种的粗细不一的杨树、柳树、槐树，除此之外，灌木丛一团团一簇簇长在堤坡上。顺着灌木丛下了河坡到了河滩旁，只见河滩上都是过人高的芦苇、蒿草，草木丛杂、无处下脚。按着韩熊的指认，大家越过芦苇蒿草，蹚过一条水沟到了河中间的沙滩地上。这块沙滩地是在河中淤起来的一个四面临水的河心沙洲，东、西有水，水是由西向东流的河道。北边是河水主流所以更宽。唯有南边水小些是道水沟，紧靠南河坡，就是大家刚蹚过的这条水沟。韩熊正是拖拽着张平的尸体蹚过这道水沟登上河心沙洲的。这个河心洲也可以称为河心岛。只见岛中间地势隆起，离水面高近两米，而四周均是平地。越临近水面越成漫坡形，离水面就越低，接水处有的才半米高。岛东西长南北宽，大约有二十多亩地的面积。岛上庄稼大都收完，唯有东北角一小块豆子地还未收割。众人再看北面，河岸很高，要想上岛唯一的通道就是韩熊下手作案的南岸了，蹚过窄窄的水沟就能到达岛上。

何副局长和高股长问严庄村干部陈庆林，这块地是他们村的吗？陈说不是，向东四五里都是房树村的地。又问北河岸上那个村是不是团柳村？陈庆林答是。听到这里，何副局长、高股长、张立群、法医赵增祥等人都暗自吃惊。为什么？因为选择这块地掩埋张平的尸体，说明凶手韩熊绝对是费尽了心机。为了逃避打击，他确实花了一番工夫。哪里像他交代的骗张平去河滩偷树，然后乘其不备将其杀害掩埋在河滩那样简单？公安局的同志经常奔走于全县，对各村的归属是非常清楚的。韩熊是严庄村人，但他作案的地方，走出二三里向北拐未到河滩便进了房树村的地，而大堤、河岸、河坡甚至这个河心岛都是房树村的地。严庄村属于南马乡，房树村属于松林店镇，隔岸北边最近的村是团柳村，又属于边各庄乡。作案和埋尸地点离这三个村都有几里路，是平时人迹罕至的偏僻之所。地处三乡镇的交界，其实是“三不管”地带。一个放羊的人说房树村村民除春天上河洲播种，秋后收割，这块地不上粪，不浇水，靠天吃饭，一年中再也没有人来。听此言后众人心想，这个瞎眼的韩熊，其貌不扬却心狠手毒还颇有心计。如果在此处埋尸体，尸体一烂，即便发现了，是哪村人都难说，岂不成了无名尸？这个韩熊真是个狡猾透顶的人。盛怒之下，高股长一声大喝：“韩熊，人埋哪儿了？”韩熊一点儿不傻，知道自己在交代杀人埋尸时轻描淡写地那么一交代，今天公安局领导来了一看这个三不管的地方，便知道他耍了多大的滑，藏了多大的奸。韩熊闻声一哆嗦，迟迟疑疑地向西北角一指说：“天黑，记不清了，是这里吧。”张立群身高力大，哪里耐得住性子，上前像拎小鸡一样拎住韩熊的脖领，向他指认的地点拖去。根据韩熊的指认，高股长先划定了一块方圆十多米的十字范围，命人先将韩熊押回看守所。何副局长现场指挥，按高股长划定的第一个范围由民兵抡镐扬锨地从西向东挖了起来。挖时规定要深至两米，挖后土都向后翻去。但河土下陷，下面开始出现沙土，到一米多深时，有的地方挖出了水。一出水，再挖沙土便坍塌，要再向深挖就需向四外扩大范围，这样想挖两米深就需扩大很大面积，只好把挖过的沙土翻过去最后形成一道深沟，再向东推着挖。这样越挖越大，劳动强度也越来越大。高股长见是这种泥沙土质，无奈又向东画了一个长宽各十米的十字形范围。民兵继续挖，可挖到天黑也没挖到。夜里经和公社赵书记、严庄村书记和治保主任陈庆林商量，明天再动员几个生产队，增派一百名社员来。就这样，挖掘队伍第二天增加到了一百多人。

连挖了两块地都没有找到，所以还需要韩熊继续指认地点。那时韩熊在看守所，如果离所，须经看押犯人的民警中队批准，但不允许在押犯人外出更不能在外过夜，即不能脱离中队看押视线范围，不像现在只需公安局局长签字批准即可提犯人出监房。高股长只能请示局长向公安中队说明系提审，不能说是到远在四十里外的严庄村来辨认掩埋尸骨地点。所以只能等到上班时间才能开提票，等提出韩熊远奔四五十里路来到挖掘现场，时间就又过去了大半天。王玉志、张立群两个大个子一见韩熊不禁两眼冒火，昨天未挖到尸体，现在又过去了大半天，二人心急且怀疑韩熊使诈。他们上前怒喝韩熊："到底埋在哪儿了？这时候还想耍花招？快说在哪儿！"一见此状，心惊胆战的韩熊又迟迟疑疑地指向了西南角一块地方。高股长又向韩熊讲了政策，劝他不要耍花招。于是，仍和头一天一样划定范围，同时派人押韩熊回县城看守所。民兵继续挖，这样挖了一个多小时，还未见到尸体，因时间已近正午只好收兵。经和村干部研究，下午又增派了几十名社员来。

下午人多了，高股长多划了几个十字范围，二百多人开始挖。但挖来挖去，韩熊这次指认的地点也都只是挖出了水，越挖沙土坍塌面积越大，难度也越大。整整一天，累得人困马乏，无功而返。民兵们不禁叫着韩熊的名字一通臭骂。但骂也于事无补，只好寄希望于第二天。

晚上何副局长、高股长又召集民警和村干部开会研究案情，作案地点如此荒凉隐秘，又是三村交界，且靠河岸，这应该是韩熊作案和掩埋尸体的地点。地方就这么大，明天再加人，把这块河心岛通挖一遍。如果韩熊交代得无误，不信找不到。大家表示同意，觉得也只能如此。

于是，第三天又将韩熊从县城提来指认地点。二百人继续挖掘，因为沙洲小，人太多也施展不开，所以轮流作业，分拨干。不管韩熊指认的是否属实，是故意错指还是真的记不准位置，反正河心沙洲就这么二十几亩，从西边向东推着挖总能找到尸体，民警押着韩熊在沙洲上随时指认。

地区公安处法医郭树、葛振华因前两天在保定南一县出现场，所以今天才赶到现场与涿县县局法医赵增祥等人会合。

由于已连续挖了三天，这二十几亩的河心沙洲上挖了近三分之二的面积，就剩下三分之一了。这么大规模的动静，自然惊动了河东边房树村的村民和河北岸团柳村的村民。于是两村来了不少群众，在河岸上围观。

在这群围观的看客中有一位不同寻常的人。只见他看了一阵子，最后终于耐不住性子也跳上了这河心沙洲。来人四十多岁的年纪，中等个头，宽厚的肩膀，身子敦敦实实。黑红脸膛儿，两眼分外有神，一脸络腮胡须。此人是谁？他叫李玉生，在房树村当了多年的治保主任，在1958年公安部部署的捉拿外逃犯运动中有过突出表现。当时，他和村里党总支、分支、治保会的同志日夜监视外逃犯及其家属的动向，借以发现外逃犯的线索。房树村有两个罪行累累的逃犯，魏庆常、魏庆林兄弟。他们是日伪时期的铁杆汉奸，日本驻松林店车站荒谷川特务队的特务，曾在 1944 年春参与抓捕我冀中的抗日英雄、抗战诗人、房（山）涞（水）涿县武工队政委陈辉同志[①]，是致使陈辉同志在南马乡韩村壮烈牺牲的主要凶手。新中国成立后抗战诗人，陈辉烈士的战友，有“时代鼓手”之称的田间同志收集整理了陈辉烈士遗稿，编成诗集《十月的歌》。1959 年，萧三同志主编的由中国青年出版社出版并多次再版的《革命烈士诗抄》中收录陈辉烈士诗三首。2001 年，人民文学出版社出版的《红色诗抄》收录陈辉烈士诗六首。单说为了给陈辉烈士报仇，在 1958 年这一年李玉生和党总支、分支、治保会的同志们昼夜监视嫌疑人动向，终于发现了魏氏兄弟的下落。原来这么多年他们根本没有外逃，而是在家里挖了地道和藏身洞，已隐匿了十年。[②] 李玉生和战友们终于将魏氏兄弟像老鼠一样从地洞里拎了出来，为陈辉烈士报了仇。1960 年全国召开治安模范会议时，李玉生还出席了北京的这次会议，并和涿县永乐村张才等几位英雄模范一起，接受了毛主席的接见，还领回了奖给他的一支半自动步枪。从此李玉生视治保工作如生命，干得更起劲儿了。今天，他得到消息就赶来了。他跳上了河心沙洲，看了一会儿，对高股长说：“高股长，挖这边，挖这儿！”原来他指的是东北角那一小块豆子还未割的地块。他没叫从豆子地

---

① 陈辉同志是湖南常德人，1938 年到延安，后到晋察冀根据地。1941 年，在涞涿平原工作。

② 涿县于 1948 年年底解放。

头开始挖，而是指着豆子地中间一小块地方。高股长觉得既然这是他村的地，他肯定熟悉，又是模范治保主任，工作有一定经验，他叫挖这儿，可能有门道。于是，他就叫几个人马上改挖这里。谁知挖下去一米多深，也和别处一样，出水了，用水桶舀水，再挖又出水，连泥沙带水不好挖，于是挖的人不愿往下挖了。可这时，高股长不知看出了什么门道，他急不可耐地从一个民兵手里夺过一把铁锨，跳下了水坑，脚踩锨就往下挖。谁知没挖几锨就听咯吧一声，碰到了什么东西。高股长一看心中有了底，继续挖下去，翻出来一看是人的脚踝骨部分。接着挖，挖出了大腿骨。高股长跳出水坑，叫几个民兵停下来。他按照村里提供的张平身高的大致长度和宽度，展长展宽些，并画出了一个方圆几米的大圈，叫民警张立群、董书田、王玉志几人小心翼翼地从外圈向里挖，并特别叮嘱保护尸骨。几个参与挖的民警按照高股长、赵法医几人的吩咐，轻轻地、小心翼翼地往下挖，生怕弄坏了尸骨。工夫不大，一具完整的尸骨被挖出来了。只见尸体向东北方向呈侧卧姿势，尸身已经腐烂，只剩骨架。挨着腰椎、肋骨旁有一团麻绳还未烂透。头部已腐烂，上身包着还未腐烂的紫红色毛衣。现场拍照之后，地区公安处法医郭树、葛振华在现场指挥，并与赵法医一起指挥几个民警从泥水中小心翼翼地把这架尸骨抬上地面。民警们用水桶盛来河水，用毛刷沾着河水清洗尸骨。颅骨清洗干净后，看得再清楚不过了。后脑颅骨中间受外力击打骨折，并由中间向外辐射成断裂状，成五花纹，明显是受外力击打后脑骨所致。

随后叫来张家母女二人，认出紫红色毛衣即张平当年失踪时所穿。因羊毛不易腐烂，故而尚存。张家母女见此惨状，悲痛至极，乡亲们也不禁落泪。至于麻绳则是当年张平被韩熊骗来偷树时用作扛抬捆绑木料的。他哪里知道砍树只是幌子，韩熊根本没打算砍树，是打算要他的命。押来陈桂荣，她也确认这些系张平于 1971 年 3 月 16 日晚外出时穿的毛衣、带的麻绳。

至此，真相大白，尸骨确系张平的遗骸。一见真的挖出了张平的尸骨，而且竟然在这泥沙河水中浸泡了三年，现场的人们都向韩熊投去愤怒的目光。愤怒的乡民拿起铁锹要打韩熊。因为两天未挖到尸骨，韩熊并未送回看守所，一直押在现场。民警赶忙上前阻止，劝大家不要乱来，要听从法律制裁。房树村的群众愤怒地说：“费那事干吗？干脆就这个坑，把他埋下去得了，还省一颗枪子儿！咱不亏待他，把他扔进去埋上，也叫他待上三年咱们再把他刨出来！”有个愣小伙儿，跳过来高喊：“把这个没人性的东西也种到地里去，叫他也在咱们房树村的地里长三年好豆秧。”群情激愤，韩熊早已吓得躲在民警后头大气都不敢出。这个杀人的恶魔此时却没有了胆量，吓得浑身颤抖，手腕一抖，手铐链子哗哗直响，一副熊样儿。这才不枉了名叫韩熊。他生怕群众盛怒之下要了他的命，或者真把他填进他埋张平的坑里。高股长见任务完成，天又将晚，吩咐民警马上押解韩熊回县城。这时，郭法医和赵法医问李玉生怎么看出这里可疑的。李玉生说：“这是我村的地，我常来这儿转悠。这块豆子地种了三年豆子了，可这小片豆子长得豆秸高、粗壮，叶子油黑，比四外长得好。要说是上粪时的粪堆、粪底的土才能长成这样，可这块地四外临水，过不了车，送不了粪，从来不上粪。靠老天爷下雨种这块地，还得蹚水过来，所以，我想底下得有东西，得有肥。可这里哪来的肥？所以三年来我心里总有疑问，总纳闷为什么这几十棵豆秧总比周边的豆秧长得好。还有，每年下雪这小块儿地雪化得快。你们在这块地上挖尸挖不着，我就想明白了，人应该埋在这了。人油性更大，烂了以后不也是肥吗？而且更有劲儿，庄稼苗才会长得更好！”大家听了，觉得肯定就是这么回事。这时，民警们又问：“高股长你怎么觉得就是这个坑，急着夺下铁锨就去挖？”高股长回答说：“这三天挖来挖去，虽说挖到一米多就出水，可是水都是清的，可刚才我一见挖出的水变浑了，还有这几天挖出水后不光水是清的沙土也是灰白的。可这儿一挖不但水浑了，沙土也变黑了，说句对死去的人不敬的话，除非这里埋了死猫烂狗水才会浑，沙土才会变黑，可这荒郊野外谁会在这儿埋死猫烂狗？所以我觉得这应该是韩熊掩埋尸体的地点，水浑可能是棉衣服腐烂后造成的，沙土变黑应该是尸体腐烂造成的。”大家一听都连连称是。

高股长、李玉生对事物观察得如此细致入微，李玉生有疑问牢记在心，这都充分体现了他们作为公安治保执法人员的良好职业素质。他们这种透过现象看本质的侦查手段，与有法医之父名誉的宋人宋慈的断案手法有异曲同工之妙。当年宋慈在断一杀人案时，推断出尸体埋在了荒郊，在勘查中又见荒郊处一块草地上有一处草长得比四外的草高了许多，且茂盛、油绿，甚至呈大字形。于是，他命人往下挖，果然挖出了受害人的尸骨。

因为不知道现场的情况，当时通信条件又落后，邢局长十分着急。所以，第三天下午他便带我和胡为民开车赶到了现场。邢局长了解情况后表扬了李玉生，并对严庄村出动大批劳力表示感谢。见房树村大队的人不在，便叫人去找，副书记兼三分支书记张金来了。邢局长说起他怎么不知道还有这么个河心岛。邢局长奔走全县，对这里的地形原先很熟悉。张金回答说，这些年这里有了变化，所以你不知道。1963年发大水，河北岸坍塌了一大段，淤了河道，淤出来这个高出水面的大沙滩。因为四面都临水，西边河道宽，沙滩也就宽，东边河道窄，沙滩也就窄。它和地图上的台湾岛形状一样，所以我们村又管这个河心沙岛叫“小台湾”。他这么一说，大家都笑了，再一细看这个河心岛，可不是嘛，四面临水，呈纺锤形，确实像个微型的台湾岛。

张金接着又说，这个河心沙洲刚淤起时，头几年是个光秃秃的沙滩，后来过了几年这里长起了草，而且越长越茂盛，大家这才觉得，沙变土了，可以种庄稼了。于是这几年都是春天蹚水上去种上甜瓜，大多是种黄豆，因为觉得不值得上粪，所以种豆子养地，连着种了好几年的豆子了。张金把这块河心洲形成的来龙去脉说得很详细。

经涿县的赵增祥法医，地区公安处的郭树、葛振华法医的鉴定，尸骨后脑的颅骨损伤与凶器尖锹形成的痕迹相吻合，确系韩熊所为。事后在审问韩熊过程中，问他为何将作案现场和埋尸现场选在那里。他说：“这地方不归我村管，又离房树村、团柳村一个有几里远、一个隔着河。那树林又深又密，荒草野藤也多，平时没人去。上边就种点儿杂粮，又不在机耕地数，不用交公粮，是淤出来的飞地。除春秋两季以外，没人上那干活。所以我觉得埋在那，不易让人发现，半年就烂了，发现了也是无名尸，碍不着我们严庄村。”好个狡猾的韩熊，如意算盘珠拨得真精。可是，这样伤天害理的事能逃脱法律的制裁吗？他就没想一想，一夜之间一个大活人没了，人家家人能罢休吗？韩熊真是胆大包天，迷了心窍。

至此，在张平亲人三年来不懈的追查下，在我公安民警认真对待、坚持查证的基础上终于弄清真相。在上级公安机关的支持下，经过艰苦努力，终于将一桩沉冤三载的无头冤案，一朝昭雪。最终，凶残狡猾的案犯韩熊落入法网。老实厚道的张平脱离了三载阴河河水和流沙的冲刷之苦，得见青天。他在乡亲们的哀思祈祷声中，回归祖坟，在九泉之下得到了安息。至于陈桂荣，因知情不举也受到了应得的惩罚。

此案一时惊动了全县，成为轰动一时的大新闻。犯罪分子手段之狡猾，隐藏时间之长，掩埋地点之奇特、难觅，动员挖掘的民兵、群众人数之众多，动土方量之大，使该案成为新中国成立以来涿县地区发生的案件中极为罕见的案例。

盗尸换骨案

1974年8月，公安机关刚刚破获了涿县南马乡韩熊杀人案。在侦破过程中，动员了大批民兵、群众大面积深挖枯水季节的河中沙洲，才找到了受害者的遗骨。这案子已经够离奇的了。但是始料未及的是，很快又有一桩更为离奇、更为曲折、极为罕见的杀人案即将发生。而作案人身份之特殊，也使该案成为新中国成立以来涿县地区发生的案件中的罕见案例。罪犯投毒杀人过程竟然长达三个多月，且先后用三种毒药才致受害人于死命。这也创下了毒杀人命时间之长，变换服用毒药种类之多的纪录。更令人难以想象的是，在致死人命后，犯罪分子又第二次作案，伪造现场，为防验尸而偷掘他人坟墓，盗骨与受害人换尸。这样经过前后两个阶段才完成全部犯罪活动。作案人为逃避打击，构思之缜密、手法之奇特、反侦查意识之强，超乎常人想象。可以说，犯罪分子为达目的，处心积虑、费尽了心机。

更让人没有想到的是，和韩熊杀人案一样，为寻找受害人的尸骨，我们又上演了一场在寒冬腊月动员大批民兵、群众大面积摆战场，深翻土地，寻找尸骨的戏剧性一幕。而这两案相隔仅仅三个月。

那么1974年秋末冬初，到底又发生了什么稀奇古怪的案件呢?

“赵海被抓了!”

“是从公社大院给抓走的!”

“听说是奸夫害本夫，投毒杀人。”

一石激起千层浪，其余波迅速扩散。又如平地一声炸雷，惊动了豆庄乡①十几个村，并迅速传遍了涿县东南方面三个乡镇近六十个村庄。

由于案子奇特，再加上案犯赵海身份特殊，一时间，消息很快就传遍了全县，成为1974年年底的一件奇闻。作为赵家庄的村支书，在全县的各种大会上，赵海常有典型发言，大家对他很熟悉。这个案子在乡、县委中也引起了很大的震动，因为赵海不但是村支部书记，还是公社党委委员、中共县委委员、县革委委员、县革委常委。

具有这几重身份的村支部书记在全县来说，只有少数的几人，可谓凤毛麟角。赵海在全县知名，尤其是在豆庄乡可谓一杆大旗，在十几个村支书中具有很大影响力，在一定程度上可以左右公社的形势。

赵海人比较精明，虽身居几级委员，但能摆正自己的位

① 当时称公社。

置。他平时并不张扬，更谈不上飞扬跋扈。他办起事来稳稳当当，在村民中颇有威信，口碑也不差。公社领导对其信任，县里领导也对他另眼相看。这样的人怎么会突然翻船了呢？要解答这个问题，还需要溯本求源，从根上说起。

赵海四十岁光景，个头不算太高，已开始发福，胖乎乎的，白净脸，由于常年不劳作，看上去比实际年龄要年轻。他头发稀、眉毛疏，说话轻声细语，不像有的村干部说话粗声大气。但真要汇报起工作来，他也能滔滔不绝、有条有理地说上一大套。说起来赵海自小很苦，五六岁上便没了母亲，全靠他父亲又当爹又当妈一手把他拉扯大。其父会做木梳，靠卖木梳补贴家用。为了不让赵海受屈，其父竟然终生未娶。村人皆知，从小到大其父对赵海养得特娇。可以说，他父亲为了儿子赵海，奉献了一生。小学毕业后，赵海因有文化便当上了高级社会计。后来，成立人民公社当上了大队会计。赵海写得一手好字，会计业务也很精熟。他为人又比较内向，不爱多说话，轻易不伤人。所以，这也是他当上大队会计、成为大队干部的原因。正因为他为人精细、谨慎，所以后来在历次运动中，尤其是“四清”运动中，他受的冲击都不大。就这样，他稳稳当当一直干到了“文化大革命”。“文化大革命”中，各乡镇、村队形成了两派。涿县当时斗争最为激烈，以致有的乡镇后来还由文斗发展到了武斗，有的村队因为武斗甚至死了人。赵海所在的赵家庄，处城东二十里处，是豆庄乡的一个大村，是两派争取的对象。对此，赵海心中有数。他们村也分成了两派，赵海为一派的头儿，此派在村里势力较大，另一派势力小得多。但赵海的办法比较稳妥，即虽成两派，有了分歧也可以辩论，但有了分歧不可以出村。不允许两派中任何一派到村外去串联，更不允许去武斗，即不准参加社会上的冲突。“文化大革命”中的几年，赵家庄的局势相对稳定，生产、生活均未受大的影响。当1969年成立革委会、重新建立党支部时，他被推举为村党支部书记、革委会主任。1970年，公社党委见赵海带领的赵家庄虽然在运动中也有派性观点，但未采取过激行动，遂又推选赵海为中共豆庄公社党委委员。后来，县里成立革委会和县委会。赵海处事低调，不张扬，在村里、公社内和两派大面上都过得去。他所属的那一派推举他为县革委会委员、常委、中共县委委员候选人，另一派也并未反对，于是他顺利当选为中共县委委员、县革委委员、县革委常务委员。可以说一年的时光，赵海是一门三激浪，成为五级委员。他的诀窍是：不张扬、不过激、稳过渡。对两派不撕破脸皮，结果得到的却是意想不到的巨大回报。他先是当上村支部书记，然后一跃升为公社、县级班子成员，成为全县少有的人物。作为一个农村基层干部，赵海的政治生涯达到了巅峰。他一路顺风顺水，直到1974年案发才算翻船落水。

那么，到底是什么缘由和事件促使赵海犯罪的呢?

1974年的中秋节，和每年一样，虽值秋收大忙，但节日的气氛还是很浓的。秋收活重，又遇佳节。家家平日省吃俭用，但节还是要过的。这一天还是得打酒买肉，吃顿像样的饭。按照老例，人们晚间围坐在院内赏月。大人小孩儿分吃月饼，并供上月宫兔儿爷来分享的月饼。在欢乐的节日氛围中也有例外，村民赵渊家却是另一番景象。赵渊，五十多岁，大高个，体格健壮，脸上总是一副和善的表情。他是生产队老实厚道的饲养员。要说赵渊到底有多老实，用一些村民的话说，比绵羊还老实。他木讷少言，整日里就知道干活。妻子温丽华是童养媳，比赵渊小了十岁，今年将四十岁。其实细论起来他们还是姨姑成亲，温丽华是赵渊的姨妹，从小养在赵渊家，临近解放时温丽华十五六岁，家里才给二人圆的房。温丽华中等偏上的个头，体型丰满，线条分明。娃娃脸，分外白净，穿衣干净利落，说话麻利爽快。她长得漂亮，且能说会道。在那个年代，生活都艰苦，温丽华的穿着打扮虽普通，但衣服到了她身上特别合身，特别利落好看。年轻时，她是村里出名的漂亮媳妇。她说话办事都透着精明、干练，在妇联里也很活跃。由于才貌出众，她在村里很显眼。现在虽年近四十，看上去也比实际年龄年轻，风韵不减当年。但是，今天她家里遇上了麻烦事。赵渊本来常年劳作，身体很好。可是近两三个月来，他的体质突然急剧下降，现在已经弱得不行。近日他又患了感冒，大过节的，还抓了药。赵渊的体质还可以，按理说一般的感冒，应该能很快恢复，可谁知药服下后也不见轻。所以，这个中秋节对他家来说是月圆人不圆。转眼到了第二天，病不但不见轻，反而突然加重。奇怪的是，竟重到人马上就不行了，需做最坏的打算的地步。温丽华赶紧把家里的兄弟们叫来，商量后事，打棺材，买寿衣，一阵儿忙乱。正忙得不可开交时，赵渊竟然咽了气。都说中秋节的月亮，十五不圆，十六圆。可赵渊却在八月十六这一月圆之夜归了天。

事出突然，谁也没有想到，除去赵家叔伯亲族外，四邻八舍也跟着一阵儿忙乱。

赵渊是支书赵海当家子的叔伯哥哥，当然家事、丧事都需要赵海拿主意。赵海说："急病过世的，停三天不合适，当天埋吧。"这样，连夜入殓、打坑、发丧、下葬。

老实巴交、仁义厚道、劳作一生的赵渊，便这样在事先毫无任何征兆之下，静悄悄地又是急匆匆地结束了辛劳的一生。

赵渊在村里平时是最不起眼、最不为人关注的一个人，什么事有他没他大家也感觉不到有什么不一样。也就是说，他根本不占分量。可奇怪的是，这次赵渊的暴卒，却在村民心中掀起了不小的涟漪。人们私下议论，好端端的一个人只是感冒了，还找本村中医王大夫开了药，也说是感冒不碍事，他又不是七老八十的人，刚刚五十出头，怎么吃了药不但没好反倒突然不行了，转眼就没了呢？怎么没按丧事规矩停三天，而是匆匆忙忙当天就埋了呢？头几天人们还是心里揣着疑问，窃窃私语。过了几天，人们在街头巷尾就把这件事当成了话题。有的干脆不避人，议论说死得不明，说赵渊是冤死的。而议论的背后，都把矛头暗暗指向了支书赵海和赵渊之妻温丽华。言外之意是二人合谋害死了赵渊。怎么害死的？毒死的！有人甚至说毒药是赵海叫供销社的刘某某买的，说得有名有姓、有头有尾的。

原来，人所共知，赵海和温丽华已好了近二十年了。这在村里已是公开的秘密。年轻时他们就相好，一直到如今从未间断。联想到赵渊强壮的身板近两三个月越来越弱，后来在八月十五得了一场感冒，竟然在八月十六一夜之间就丧命，大家都觉得蹊跷。所以一时间，稳妥持重、在村民中一向威望素重的赵海的形象也在人们心中来了个彻底的颠覆。赵海在人们眼中成了奸夫害本夫的西门庆。因为一场感冒，一两天就使体格很好并无其他重大疾病的赵渊丧了命，这太不可思议了，也让乡亲们感到太可疑了。如果不是被害死的，还能有别的解释吗？如果是害死的，除去他二人还能有别人吗？所以，议论和怀疑的矛头直指赵海和温丽华。能说会道在村民面前人缘本来很不错的温丽华，这时在村民眼里的形象也突然变了，由贤惠、能干的漂亮媳妇变成了残害本夫的潘金莲。而这一切都源于老实厚道的赵渊一夜暴死之谜。显然，村民把赵渊看作了可怜的武大郎。

街上的风言风语刮得太猛了，以至于赵海也听到了。他甚至在各种场合公开为自己辩解，说别人说他如何如何都是造谣中伤。但造谣也好，中伤也罢，不但未停止，反倒越传越厉害，细节越来越详细。有传言说，赵渊死前曾对家人说："我叫人害死的，你们要为我报仇。"他还说："我就是到阴曹地府也要告他们！"还有参与赵渊后事的人传言，赵渊死时浑身青紫，嘴角总渗血，而且止不住，显然系中毒而亡。真是人言可畏，众口难掩。

一个月下来，这股风不但没有减弱，反而越刮越猛。最后，一直刮到了公社党委书记高金才的桌案前。

赵家庄赵渊之死，群情激愤，质疑纷纷。以赵海之精明竟然在这一强大的舆论攻势面前无能为力。他先前还在人前背后为自己辩解，后来竟然辩解无力。人们听了都默然不语，竟无一干部群众为其帮腔。赵海也感到了无形的压力。他发现，近十年来在他面前唯唯诺诺的干部群众变了，变得第一次不拿他的话当回事了。不仅如此，村支部副书记和民兵连长把赵家庄的这一切，包括对赵海、温丽华二人的怀疑统统向高金才书记作了汇报。对于赵海的生活作风问题，高书记早有耳闻。出于关心，高书记私下向赵海作过暗示，要他注意影响，莫使自己的形象受损，毕竟他不同于一般的支部书记。但收效甚微，因此他在公社村干部大会上还对赵海做过不点名的批评。这一切，都是为了避免有更为严重的后果发生。听罢二位支委的汇报，高书记沉默了，自己不愿看到的事情也许真的发生了。从本心讲，谁都不愿意看到发生这样的事情。高书记参加工作多年，担任领导工作多年，深知此事重大。有舆论、有怀疑，但这不等于是事实。要弄清事实还需要做大量工作。于是，他安慰了二人，要他们回村抓好工作。之后，他马上叫来了公社公安员张亭、武装部魏部长，要他二人假作了解学大寨、平整土地的中心工作，去了解一下赵家庄对于赵渊之死这件事到底如何反映。两天后二人回来了，向高书记汇报了该村对于赵渊之死的种种议论。高书记感到了问题的严重性。他马上想到了公安局政保股股长程志民，他正在公社举办各大队治保主任培训班。前些天，公安局局长邢德春还来培训班讲过课。想到此，他立即找来程股长，向他通报了赵家庄赵渊之死和人们对赵海的猜测。程股长回答得很干脆，我现在正在你们公社搞培训，干脆带人到赵家庄驻下，然后观察动向，掌握情况，再视情况而定。高书记向公安局局长邢德春汇报了情况，邢局长批准了此方案。程股长又赶回公安局向邢局长当面汇报，二人商定了具体工作细节。

第二天，程股长便带民警小赵一起到赵家庄驻下，开始了明摸敌社情况，暗察赵渊死亡之谜的工作。当时连程股长也未意识到，这次简单的察访竟然会带来意想不到的重大收获。

程股长带着小赵到赵家庄以配合中心工作学大寨、平整土地为由，悄然驻下。这看似轻描淡写的一笔，可对村民而言却非同寻常。来的是公安局的人，而且是政保股股长带头。程股长细高个儿、长方脸、眼睛特别有神，见谁都笑呵呵的。一看就知道他是个办事有准的人。村民们猜得不错，程股长有文化，有别于那些新中国成立前参加工作的工农干部。他遇事肯思考，脑子反应快。他年近四十，已有二十来年的侦查工作经验，论精力、能力，正是人生最佳时期。村民感觉到程股长准是冲着赵渊之死来的。赵海见公安局的人住下来了，如芒刺在背，浑身不舒服。他来到住所看望，并假装不经意地问程股长来村里的目的。程股长分外客气，答复说："赵书记，我们来只是想了解一些情况。你也知道，公社在办治保培训班，摸些基本情况，讲起本乡本土的敌社情况来，主任们听着更有针对性。"赵海听对方回答得风雨不透，他迟疑道："程股长，我们村死了个人，人们对我有议论，我觉得这是误解。"程股长轻松笑道："赵书记，村里的工作是你的事，该怎么抓就怎么抓。我们只摸一下敌社情况，过两天，再转个村。"听到此，赵海的眉头不易察觉地舒展了些，这一细微的变化未逃过程股长的眼睛。他心里暗想，看来赵海不希望我们长住在村里。那么，他担心什么呢？他为什么主动表白死人的事村里对他有误解？到底是不是误解？程股长不禁沉思起来。

转眼过了几天。这天，赵海主动找到程股长说："程股长，我和你说个事。我打算去趟豆庄集，卖点儿粉条，这几天缺钱花了。"程股长一听，和他直打哈哈："赵书记，你在和我开玩笑吧？你是支书，又是县委委员，干什么事用得着和我说吗？”

赵海走了。程股长望着他的背影，陷入了沉思，他这个当支书的什么时候自己卖过粉条？他留意观察，一个上午过去了，赵海并未去豆庄集市。看来他是在试探自己，程股长心里想着，心情却沉重起来。那么，他真的有鬼，真的走了不该走的那一步？

一天，有积极分子来向程股长报告，说是赵海可能要跑。问他根据什么。答说，他原来有大衣，现在又从北石家务村新做了件带布面的皮大衣。果然没过两天，赵海穿上新皮大衣，骑车出去了。程股长暗中跟着他，见他穿着皮大衣招摇过市，走了半天又回来了。看来他还是在试探，看对他是否放心，是否跟踪，是否让他出行。又过了两天，赵海又穿上皮大衣骑车出了门，却是朝公社方向去了。这次是试探还是另搞名堂？程股长心想，他是否真要外逃？外逃需要钱，事先经了解他在公社信用社存有一些钱。他真要走肯定要去信用社取钱。于是，程股长抄近路赶到公社信用社的对面一隐蔽处，静等赵海。果然，时间不大，赵海穿着新皮大衣来了，骑车进了公社大院。过了一会儿，赵海出来了，从来路返回。程股长马上进了信用社，问一值班老同志：“刚才有个河南人来这儿支钱吗？”他说了来人的个头、相貌、口音。当然不会有河南人，程股长是故意这样说的。老同志说：“没有见河南人来。刚才只有两个人来支钱，其中有赵海一个，支的钱不多。”赵海确实是来信用社支钱的。

事情有眉目了，赵海多次试探，证明他确实内心有鬼。不能让他光试探我们，我们也该敲一敲他了。一个方案在程股长的脑子里形成了。

那些日子，正在串乡串村地搞宣布犯人罪行、教育群众、震慑犯罪的游斗活动。程股长提前和抓游斗罪犯活动的治安股同志定好，到赵家庄时停下来到台上举行批斗会。程股长与赵海商量如何在台上宣布罪行，召集群众参加大会。这是正事，赵海无话可说。游斗对象一到，都押到台上。十几名罪犯，本来要一一宣布罪行，有盗窃犯、抢劫犯、强奸犯。那时还有“投机倒把”犯。最为难得的是，其中还有一名毒杀亲夫的投毒犯。除了到会围观群众外，程股长还怕留有死角，又开通了当时的“家家通”，即每家一个小喇叭和大队高音喇叭串在一起，收听新闻和广播。于是，台上十几个罪犯亮相，留在家里的老人和妇女也能从“家家通”中得知台上信息。宣布罪行时，程股长打破常例，先逐个宣布罪行，无论罪行大小都押在台前先亮相让群众批斗，然后再把那个投毒犯押至台前，宣布他的罪行。台下的群众见此情形，不禁几百双眼睛盯着看台上的赵海。赵海也发觉了台下乡亲们盯着他的异样的目光。赵海在台上尴尬至极，如身有芒刺，浑身不自在。虽说只有将近一小时的批斗会，可这一个小时他觉得比一天的时间还长。他听不见别的，只听见大喇叭里反复播放的投毒犯某某、投毒犯某某；看不见别的，只看见台下乡亲们在交头接耳，不时看着自己。他觉出来了，乡亲们在台下交头接耳说的话题肯定就是自己。那就是说，乡亲们把台上被批斗的投毒犯和他画上了等号。这哪里是批斗台上站着的投毒犯，分明是把他这坐在台上主持批斗会的人怀疑成投毒犯来无声地声讨哇。程股长这招真毒哇！他对程股长顿生怯意。想到这里，他不由自主地打起了冷战。

通过批斗会赵海感觉到，自己已身处险境之中。程股长太厉害了，到底是个老公安。他平时对自己笑哈哈的，但到底是冲着自己来的。他笑哈哈是为了迷惑自己。如果说经两次试探，自己还有些犹豫，抱着能侥幸逃过的幻想，那么通过这次批斗会他彻底明白了。程股长对自己从未放心，一进村矛头对准的就是他。这次批斗会他把自己当成了任人观看戏耍的猴子。这哪里是批斗投毒犯，分明是叫乡亲们用目光、闲言碎语以及种种暗示来批斗自己。他和自己玩的是猫耍老鼠的游戏。他突然意识到，一张无形的大网已从头顶上罩了下来。不行，不能束手就擒，不然就一切全完了。得逃，逃出去，还有温丽华，也得一起走，不然留下她也得露馅儿，自己也得暴露。这两天不能走，会上他观察我，会下他准布置了人盯着我。再拖一两天，一定得行动。好在钱、粮票事先已作了预备，他心想。

程股长那里，对赵海的观察也是丝丝入扣。他看出了赵海的胆战心惊。

过了三天，负责盯着赵海行踪的积极分子报告，赵海出村了。程股长让他继续监视。后来又汇报说他往东过了豆庄，又转向南奔了高官庄公路。这下程股长心里有了底，因为通过多日来的工作，他对赵海、温丽华二人的亲属、社会关系，无论远近都作了调查。他知道赵海向南去会奔向哪里。于是他又对另一组负责监视温丽华的人交代，注意她的动向，估计他俩得会合。布置完，他一人没带，只是嘱咐小赵在村里掌握动向，便来到公社。他叫上经验丰富的老公安员张亭，傍晚才骑车出发。天黑透后，他们到了三十里外的高官庄。这样行动是为了避免与赵海碰上，好观察对方的真实意图。通过多日来的了解，程股长感觉赵海这人十分狡猾且多疑。所以，必须尽量拿到他的把柄，掌握证据，才能达到目的。

傍晚他们进到村里，这村是温丽华的娘家。通过公安员了解情况已经来不及了，恰好张亭是本乡本土出生的。通过熟人了解到，温丽华竟然不知何时也已悄悄回了娘家。这说明赵、温二人事先预谋好，为掩人耳目，采取了先后而行。温丽华这时在她妹夫家，同时在的还有个男人，所述体貌特征和赵海一毫不差。听到此，程股长、张亭二人相互一望，会意地笑了。

程股长和张亭进村时，已近半夜。他们贸然敲开一家农户，假称邻乡柳河营公社公安员和公社干部找支书有事，请他给领路。深更半夜且又素不相识，村民虽不情愿，但最后到底领到了支书家门前，指认后离去。程股长和张亭二人即上前敲门。支书是个中年人，姓郑，中等个儿，很壮实，方脸盘，很精神。程股长和张亭亮明了身份。郑书记便问何事。程股长说："听说温丽华妹夫家有人来，需了解来人的目的和下一步行踪。我们秘密进行，不要让他人察觉。"他又对支书说："你们村有没有光棍一人住的里外两间的房，可以由你借查户口为名，叫上来人去那儿盘问，我们可以躲在里间偷听。"郑支书一听，觉得这样行。程股长又让他叫上治保主任一起去，同时嘱咐他要提高警惕，防止意外发生，同时要注意保密。那个年代莫说是支书、治保主任，就是一般群众，公安局嘱咐了保密也绝不会泄露。很快，郑支书领他俩来到一户人家。程、张二人便躲到了里屋。当时已是阴历的十一月，霜降已过，夜间气温较低，二人在里间冷清的炕上专等客人的到来。

等不多时，脚步杂沓，听着几个人进了屋。落座后，郑支书开始发问："你是哪儿的？到这儿干什么来了？这家人是你什么亲戚？"

一个人搭腔了，正是赵海的声音："我是豆庄公社赵家庄的，我是温丽华的小叔子，陪着她到她妹夫家来的。"

这时的里间屋，程股长打开手电筒用被子遮住了光，在炕上铺开了纸，拿出笔开始记录。张亭警惕地在一旁观察并倾听着外屋的动静。

"你们到这儿干什么来了，还打算到哪儿去？"又是支书在问。

"我嫂子到这儿来就是看看她妹子，顺便说一下家里的情况，不打算再到哪儿去。"赵海欲言又止。

"她妹妹的男人在外边，有困难的话光她妹妹有能力解决吗？"支书还真行，话盯得挺紧。

"实在不行的话，我们再到沧州去找他。"赵海好像很不情愿地说着，同时心里埋怨这个支书真他妈的多事。他心里虽骂，表面上却赔着十二分的小心。

"到沧州去找她妹夫吗？"

赵海话回答："是。"

"知道她妹夫在哪儿工作？"

"知道。"

郑支书又问："你们什么时候走，打算在这儿待几天？"

"就住一夜，明天就去，不麻烦咱们村里。"赵海回答。

问话结束了，程股长的记录也完成了。治保主任把赵海送回，程股长和张亭从里间屋出来，对支书连声称赞。程、张二人连夜赶回豆庄公社大院。

上午八点多，程股长打通了温丽华娘家村支书的电话。用事先定的暗语问：“客人走了没有，是一人还是两人，到哪儿去了?”支书回话：“客人走了，两人一起走的，说是去沧州。的确是向西奔火车站方向去了。”

至此，确定了赵、温二人的出走时间和路线。

打过这个电话以后，程股长不敢怠慢，马上骑车赶回公安局向邢局长作了汇报。他还说明，他们投奔的温丽华的妹夫，此人在沧州河间县人武部工作，是位科长。

邢局长听程股长汇报后，立即到涿县人武部通过内部电话给沧州河间县人武部挂了电话，找到人武部政委，向他通报了情况，说明赵海与温丽华二人是一起投毒杀人案的犯罪嫌疑人。要他们做温丽华妹夫的工作，勿使二人外逃。政委痛快地答应了。放下电话，邢局长随即做了布置，要治安股股长高贺林带两名民警到河间人武部找政委联系，防止赵海二人再逃向别处。同时嘱咐，赵、温二人不再逃向别处的话，不要和二人接触，不要惊动他们，如向外逃再采取措施。

河间县人武部政委第二天给邢局长打来了电话说明了情况，说温丽华的妹夫很机警，见他大姨子温丽华与赵海二人一来就觉得异常，便问他们怎么回事。二人答，赵渊死了，公安局怀疑是他们二人害死的，因此来这儿。温丽华妹夫对他们说：“我是国家干部，又是军人。你是村支部书记，要相信组织，有问题去自首，没问题就回去。”

军警联手，布下了一张密网。三天之后，赵、温二人又悄悄地和去时一样悄无声息地回了村。一场外逃的阴谋破产了。

赵、温二人的出逃，已说明了问题，不需要再做外围工作了。程股长和高书记再次定计，借召开公社支书汇报平整土地工作会议的机会，把赵海留下做检查，借机突击审讯温丽华。程股长回局里向邢局长汇报了情况："在公社这些天赵海已心思迷乱，再加上出逃几天，村里工作没抓，一定对平整土地工作说不出子丑寅卯，可以借此由头留下他写检讨、做检查。我们可以拘传温丽华突击审讯。"邢局长听了程股长的汇报后当即同意此方案，同时也认为到了该采取行动的时候了。为慎重起见，又向地区公安处有关领导作了请示，地区领导和治安科表示支持涿县公安局的方案。

在豆庄公社汇报学大寨平整土地工作会议上，赵海像预想的一样，平日里汇报工作有条有理、谈起经验来滔滔不绝的气势没有了。要数字没数字，要进度没进度，什么工作都没做。高书记当然不悦："你身为支书又是县委委员，带的什么头?"责其留在公社写检查。

与此同时，公安局对温丽华予以刑事拘留。在刑拘温丽华前，因赵海是县委委员，邢局长就赵海一案向县委书记丁德进和主管政法工作的县委副书记王瑞亭同志作了汇报。于是，邢局长带领民警对温丽华连夜审问。整整一夜，程股长和邢局长耐心劝导，指出她不为自己着想也要为孩子着想。问题不用自己一个人扛，你背后还应该有人扛。天明时，温丽华长叹一声，不禁脱口而出："我这是怎么了，要了赵渊的命。你们别问了，我都说。"

据温丽华交代，她在赵家当童养媳，和赵海两人从小一起长大，彼此投缘，所以从小要好。各自结婚后，早在十七年前，即1957年左右，当时赵海还在农村高级社当会计时，俩人就开始了私通关系。成立人民公社后赵海当了大队会计，后来当上支书，关系一直未断，直到如今。害死赵渊的想法是，虽然赵渊不敢管，但总不方便。于是，赵海萌生了弄死赵渊的想法。办法当然是投毒。一开始赵海提供的是玻璃纤维，叫她掺在烙饼里叫赵渊吃。那是从当时的京剧样板戏《海港》中听到吃了玻璃纤维，沾在胃上会危害生命。这样天天掺入饭中吃了一段后，赵渊身体是显弱了，但赵渊原来体质好，一时半会儿哪里能要了命呢？这样持续了有两个多月，赵海还嫌慢。赵海又拿来了安妥——一种老鼠药，叫她掺在饼里给赵渊吃，叫她每次放量小点儿，慢慢耗他的身体。开始几天量小还行，后来赵渊吃了后胃反应大，老是呕吐。这样再吃不行了。于是，赵海更急了，说这样不行，太慢。于是在阴历八月十五前，正赶上赵渊感冒了，在村卫生室叫大夫看了，拿了中药。于是，赵海借机拿来砒霜在中秋节那天叫她下在熬好的汤药里。赵渊喝了，一宿后就不行了。人死后赵海主持着办了丧事，将赵渊连夜埋了。

根据温丽华的交代，事不宜迟，邢局长等人不顾疲劳，马上带治安股高股长、张立群等人到了豆庄公社，将正在写“检讨”的赵海刑拘。将赵海铐上手铐，推上汽车时，大院里轰动了。人们拥着汽车出了大院的门。门外豆庄村大街，恰逢大集，豆庄乡和附近柳河营乡、高官庄乡的村民也来赶集。一看公安局在大院里抓出了人，抓的又是赵海，乡人哪个不认识赵海，所以无不惊讶。赵海被抓的消息也很快传遍了四里八乡。

车刚进公安局大院，赵海便沉不住气了。“邢局长、程股长，我说吧，赵渊是我害死的。”进了审讯室，赵海很痛快地交代了害死赵渊的经过，和温丽华所供情况基本相同。

邢局长带人先行赶到了赵家庄西北约二里路的赵渊坟前。只见整个坟头经过近四个月的风雪侵蚀，上面只有几株枯黄的茅草在腊月的寒风中瑟瑟发抖。仔细一看，却发现坟上有些地方有塌陷的痕迹。靠近赵渊坟旁还有一座坟，一问村干部得知那也是赵家的一个人，死的时间比赵渊稍早一个月。但那个坟是陈旧痕迹，而赵渊的坟比起那个坟头明显有异。见此情景，大家不禁非常惊诧。邢局长、程股长几乎是同声而出：“这坟动过了！”马上由赵法医和技术员对坟进行勘查。

挖开坟，随着棺材逐渐暴露，奇怪的事情发生了，棺材盖上的大长钉子都没有了。棺材盖放的也不太正。大家心里一惊，棺材也有人动过！掀开棺材，尸首露出来了，但不是装殓端正，仰卧向天的尸首。而是一架肉已腐烂的骨架。确切地说，骨架上、下肢骨节都分开，而头骨却滚落在两条腿骨之间。显然，有人动过尸骨。骨架取出摆放好，法医赵增祥根据骨骼特征判断，尸骨并不是坟主人赵渊五十多岁的年纪，而是未成年或发育较晚的青年人。因据解剖学原理，未成年人或发育较晚的青年人，关节骨骨垢脱落，大股关节就不连接。而成年人骨垢长在一块，大骨关节相连长在一起，是完整的。而此具尸骨上、下肢大股关节骨垢脱落，大股关节都断开，是未成年人或发育较晚的十八九岁青年人无疑。这绝不会是五十多岁的赵渊的尸骨。而且骨骼不全，明显少了两块脚趾骨，还缺一些小关节骨。显然是移尸人移骨时失落了，未能放到棺材里。

邢局长决定，发动本村民兵以赵渊坟为中心，在一二里以内，查找赵渊尸首，并决定马上由程股长回局里提审赵海，要他交代事情详情。

民兵发动起来了，将近几十人在赵家庄周围的水坑、池塘、坡坎、大口径机井搜寻打捞赵渊尸首。

程股长带人匆匆回局里，提出赵海审问："坟被动过是怎么回事?"赵海却出人意料地平静："程股长，我也当了多年干部，党的政策我也懂。所以，还没到公安局我就主动交代了赵渊是我害死的，也交代了经过。你说坟被动过我不懂，我也没的交代。"说完，他双眼一合，好似老僧入定。任凭你如何质问，他都装聋作哑，不作回答。看来，他有心理准备，好像也知道必然有一天有此一问似的。这更说明了这不是一个一般的对手。他之所以未到局里就交代了害死了赵渊，可能早就料到了验尸会有波折，所以心里有底。

再说赵家庄这头，民兵们经多方搜寻也没找见赵渊的尸首。于是，程股长等人又审讯温丽华，要她交代未交代的问题。温在叹息声中挨了三四个小时，又和初入公安局一样，长叹一声说："赵渊的尸首挪了，挪时赵海和我说过，挪哪儿了我不知道。"

程股长将这一情况汇报给邢局长。邢局长召集程、高两位股长，并让村干部参加，研究赵海移尸的地点。村干部提出，赵渊死后一个多月，平整土地时赵海叫把北边四米多深的道都平了。如果事先埋在那儿，再平上，这四五米深的地方可是最保险的。大家觉得有道理。于是，发动人继续在周边寻找。高书记和公社党委秘书龚宝忠又发动周边五六个村子三百多民兵来挖掘大道沟，寻找赵渊尸首。民警张桂林同志是河南人，系军转干部，从来没见过这种案件，所以积极性很高，在现场跑前跑后地指挥，很卖力气。民兵和群众也受他的感染，一时挖掘的热情高涨。

这样，现场成了大工地。腊月天，地已上冻。冻土层刨起来非常费力，而再有十来天便要过年了，为了尽快完成任务过个踏实年，大家干得热火朝天。一拨人刨开了冻土，另一拨人再用铁锹挖掘，很快就掘出了一道长二百米、宽几十米的沟。

再回过头来说温丽华交代的赵海如何会想起移尸的坏主意呢？他是在什么时候挪移的尸首呢？

原来，赵渊下葬一个多月后，村民们的风言风语以及对赵渊之死的怀疑吹进了赵海的耳朵。听到这种风声之后，他深知情况不妙，觉得留有中毒身亡的尸首是个后患。他想起了一件往事，那是民国年间本村发生的一件真事。当时村里老贺家一男子毒死了媳妇，诈称病亡。娘家人不信，告到官府。告状持续了很久，官府终于来人。开棺后蒸骨验尸，结果验出是中毒，终于使贺家人伏法。其情形与《杨三姐告状》的剧情十分类似，就在本村东大坑的麦场上垒起的几个一米多高的大灶台进行了蒸骨验尸。这些灶台他小时候见过，解放初期还在。这个故事不但赵家庄人人皆知，四里八乡也无人不晓。想到这些，赵海心中一寒，心想不能走了这条路！于是他匆匆和温丽华商量，得把尸首挪走，即使出事也无把柄。温丽华自然是听他的，还连声说他想得周全。

怎么挪呢？赵海不是没有顾虑。不知怎的，他从乡亲们不同以往的眼神中，总感觉有人在盯着自己。如果挪的时机选不好，被撞个正着，岂不是前功尽弃？

为此，他没少伤脑筋。可是事有凑巧，这天乡里头来了通知，县里召开平整土地和批林整风经验交流会。第二天下午报道，会期两天。赵海见通知大喜，觉得是天赐良机。

第二天吃完午饭后，正赶上社员上工集合的时间。赵海给村支部成员简单安排了一下工作，便推着自行车到了街上。他有车不骑而是一路推着走，和将要出工的社员们打着招呼，并不时地说要到县里开三天会。他边走边和乡亲们解释，打招呼。一直走出村西口，回头一望再没有人了，他这才上车奔向城里。

他头一夜宿在招待所，和各村村支书打哈凑趣，第二天听平整土地和批林整风典型发言。会上讲了什么，赵海一句没听进去。因为他的脑子在飞转，盘算着自己的事。会后，他简单吃了几口晚饭，等天一黑就骑车回了村。借着夜色他进了家，从院子一角拿出开会前就备齐了的东西，就连家人也未察觉他回来了。他又趁着夜色的掩护，来到了温丽华家。

由于随身带着筐、尖锹、绳子、塑料布等物，温丽华一见就明白了，忙着做饭。烙饼，摊鸡蛋，炒白菜，又拿出了酒。赵海喝酒吃菜，不知不觉竟然喝下了小半瓶“二锅头”。酒足饭饱之后，二人默默相对。赵海一言不发地对着温丽华看了好久，温丽华任他看着。随后赵海抬头向屋里四处望了一下，这里的一切他太熟悉了。虽不是他的家，但多年来他一直觉得这就是他的家，反而对他真正的家陌生了。因为他感到在这间屋里他们俩就是夫妻。赵海的思绪回到了少年时期。想当年温丽华是赵渊家的童养媳，十岁便养在赵渊家。而赵渊比她大十几岁。她是个孩子，而赵渊已是二十多岁的小伙子了。因此，话说不到一块儿，也玩不到一块儿。她自己是个孩子，总要有人一起玩耍呀。赵海和赵渊是堂兄弟，和赵渊家是隔几户的邻居。赵海才比温丽华大一两岁，他俩都是孩子。因此，赵、温二人常在一起玩。当时年龄小，不知将来会成为叔嫂关系。温丽华受人欺负，赵海还站出来护着她。因此，打小儿赵海便是温丽华心中的好哥哥。少年时代，二人青梅竹马。后来，温丽华在十五六岁时和赵渊圆了房。赵海在高级社里当会计，温丽华是村里妇联会的活跃分子，二人经常一起参加村里的各种群众活动。可以说，他俩从孩儿童时期到长大成人，再到各自结婚，感情始终未断，而且越来越深。随着年龄的增长，从青年到步入壮年，到如今整整好了十七年。

按理说，二人都已步入壮年，孩子们已经长大了，加上环境已不同于过去，二人的感情应该趋于逐渐淡薄。可谁承想，年深日久，二人感情不但未减，反倒越来越强烈。二人虽不是夫妻，却胜似夫妻，如胶似漆，难舍难离。按说两家离着几步远，天天见面。但二人还觉着不行，日子难熬。他们恨不能日不相离，夜不相舍，做长久夫妻。再加上赵渊比温丽华大上十几岁，二人性格、情趣差异大，他们在一起时整天无话可说，没有共同语言。温丽华又觉得自小爹娘做主，当了童养媳，耽误了她一生，是自己命苦。所以，她认为遇上了赵海生活才有了乐趣，活着才有意思。她拿自己的丈夫和赵海比，真是一个天上，一个地下。再加上赵海水涨船高，当了支书，成了一村之主。她庆幸自己抱上了一棵大树，觉得自己今生今世都应该是赵海的人。她对赵海忠心耿耿、死心塌地，对村里人谈论他俩关系的风言风语也全然不当回事。她觉得只要有了赵海，一切她都不在乎。因此，他们时常在村边、地头、树林、“青纱帐”里偷欢。随着赵海从小队会计、大队会计、村支书、公社党委委员、县委委员到县革委常委的一次次升迁，身份的变化也使赵海不再有所顾忌。村里人再也不敢随意妄言，怕祸从口出，招来麻烦。一切顺风顺水，他俩经常大白天插上门就在温丽华家淫乐。温丽华家的热炕头成了赵海的安乐窝。队里让赵渊当了饲养员，整天住宿在饲养室，也给他们提供了方便。一切都太顺了，顺得赵海都觉得在这村里要风得风、要雨得雨。这顺风顺水的安逸日子一晃多少年就过去了，使得赵海逐渐变得忘乎所以，为达目的不择手段。为了色欲和贪欲他竟然鬼迷心窍，忘掉了道德，忘记了党纪，甚至忘掉了国法，竟然对赵渊下了毒手，以达到长期占有温丽华的目的。现在目的达到了，一切都无妨碍了，可以随时寻欢取乐了。想到这里，赵海把温丽华轻轻地按到炕上，像每次一样习惯性地伸手去摸她的乳房。在电灯的微光下，他注视着温丽华那张娃娃脸。当年那个年轻美貌、风流动人、使他次次销魂的少妇，如今已成半老徐娘，但她风韵犹存。脸蛋还是那样白净光滑，只是眼角多了几许鱼尾纹，显示着岁月的痕迹。赵海突然觉得身上的血涌了上来，一股冲动袭上心头。他也不明白，这都什么时候了，怎么还会有这种冲动，何况马上就有大事要办。可是他控制不了，摸着温丽华乳房的手，迅速向下滑去，顺着她高高的胸部、软软的肚皮，从腰际滑到了胯下。温丽华悄声说：“你还要……那我慰劳慰劳你，好去干事。”赵海不言语。她立即明白了，马上顺从地宽衣解带，把赵海拥入怀中，赵海顺势伏在了她的身上。他们又沉溺于以往那种肆意享乐中，居然无视外面的朔风怒吼，忘记了这个屋中还有另一双眼睛正在愤怒地注视着他俩的丑行。赵渊的冤魂正在冷冷地注视着他们！事毕，赵海倒在温丽华软软的肚皮上不起来。温丽华深情地依偎在他的胸前，抚摸他的脸和稀疏的头发。她知道现在二人乘的是一条船，是一条绳上的蚂蚱。她所能做的就是让赵海高兴，让他舒服些。赵海想到了以后可能会有的风险，是福是祸难测，现在这种时候作乐无异于在鬼门关上打秋千。只有今夜一切安排好了才能有长久的夫妻之欢，不然总有后患。想到这里，他不由自主地激灵一下。温丽华一见，马上懂事地帮他整理了衣服，自己也收拾干净了。赵海穿好衣服，披上大衣，拿起了尖锹背起了筐，一言不发地一脚踏出门去。温丽华在后面轻轻地喊了声“你”，欲言又止。赵海后退一步，“什么?”“要小心。”赵海点头，随即抬脚向门外跨去。退这一步干什么？已没了退路。“要小心”，什么小心，今夜就是刀山也得过，小心显得多余了。只要这一步棋走好了，莫说以后犯不了事，即便当真有犯事那一天，不知是何年何月，尸首已朽，开棺验尸无毒，那又能奈我如何？想到这里，他信心十足。做任何事他都预先考虑后路，所以多少年来自己才顺风顺水一路升迁到了今日。他昨天大摇大摆地和村里人说到城里开三天会，谁会想到他今天夜里回来了呢？出得门外，北风一吹，赵海又打了个冷战。随即他将大衣领一掩，向黑夜里走去。夜色沉沉，月亮不忍见这丑行，悄悄地躲起来了，只有星星在眨着眼睛看着他。

审讯完温丽华，程股长赶回赵家庄挖掘现场，已是半夜。现场上，几百民兵挥锹抡镐，掀出了一层层的新土，已经掘了四米多深了。突然，靠近大沟坎处的一个民兵一阵儿惊呼："挖着了，在这儿呢！"随着惊呼声，人群潮水一样忽然向后一退。有的向后面大声喊："程股长，在这儿呢！"程股长等人一拥向前，只见挖出了一个大塑料包，已裂开半截，露出了一个人形。程股长叫人再挖。等全部挖出来后，把塑料布彻底翻开，只见死后不得安宁还遭挪尸移骨的赵渊上身两手下垂着，下身两腿弓起蜷曲着，蹲卧着的姿势好像一个婴孩儿。人们不禁落泪，无不为可怜的赵渊的冤死而伤心。

赵渊的尸首找到了。回局提审赵海，赵海还用老办法对付审讯，一言不发。程股长指挥看守所民警周文杰、李建生二人架起了赵海，推上了汽车，将赵海押送现场。这时，天已大亮。到现场见了赵渊的尸首，赵海浑身筛糠一般地抖，腿一软，瘫坐在了地上。

程股长厉声喝问道："那架尸骨你从哪儿弄来的？"经这一喝问，赵海方才醒过神来，他向东一指说："从我们村王某的坟里弄的。"村里民兵一听立即明白了，村里的王某是个十九岁的小伙子，中学刚毕业，突然得了脑膜炎，比赵渊早一个月死的。因为按照旧风俗，光棍和未婚而夭折的不能入祖坟，所以才埋在了靠近南石家务村的大沟边。这时程股长又问赵海："赵渊坟旁就有坟，你干吗舍近求远到南石家务去挖？"赵海回答说："那些都是老坟，死的时间太长，我怕万一验尸骨，破绽太大。旁边那个虽说比赵渊早死了一个月，时间合适，但那个人个子太矮，与赵渊身材不相符。本村这个小伙子与赵渊身高相当，尤其是比赵渊早死一个多月，时间也接近。尽管埋得远些，我觉得还是选择他的尸骨顶替更安全些。”看来赵海真是煞费了苦心。

人们一下拥向二三里外的王某的坟地。奋战了一夜的民兵也忘记了劳累，积极性大增。最先跑到王某坟前的人一看，大叫起来，这坟是动过。原来开始搜寻时大家从这里都走过。但当时只注意去坑、塘、井查找赵渊的尸身了，谁能想到赵海挖此坟盗骨去换彼坟尸身的缺德招数呢。

赵增祥法医也即刻赶去，大家重新挖开这个夭折早亡的王某的坟，只见里面无棺材，是用砖起的墓穴，里面还有遗留的部分关节骨、双脚脚趾骨等一些人体骨骼。赵法医认真地一一捡起，都捡起后怕有遗漏，还叫人找来个竹筛把穴内存土仔细筛了一遍，确定没有一点儿遗漏后才将遗骨带到赵渊的骨架旁。按人体骨骼结构，一一拼接摆放好后，正是一架完整的人体骨骼，而且确定是同一人的骨骼。这时地区公安处法医葛振华和公安处治安科李运昌科长等人也赶到了，见赵法医恢复的人体完整的骨骼形态，葛法医连连称赞。

至此，案件脉络完全清楚了，赵海移走赵渊尸身掩埋，用王某的尸骨来替换，以备来日案发验尸、验骨，借以逃脱法律的制裁。

在审讯室里，面对着邢局长、程股长和记录民警，赵海详细交代了那晚的作案经过。

原来那夜在温丽华家酒足饭饱后，他趁着夜色带着筐、绳子、塑料布、尖铁锨出了村。向西北走了约二里路，他来到了赵渊坟前。赵海向四外一望，夜黑沉沉的，不见有何异常，遂开始紧张地挖坟。坟被挖开了，露出了棺材。赵海遂用带来的撬棍撬棺材板。板子吱呀一响，赵海也有些心惊，以为四处有动静。抬头向四外一望，黑沉沉的什么也看不见。遂心一横牙一咬，使劲儿撬去。随着钉棺材的长钉都撬完，他又撬开了棺材的上盖，推开去，探身向下一摸，手接触到了赵渊的尸身。尸身还未腐烂，毕竟才只两个月，身子软软的。赵海在夜色中看着赵渊的尸身，口里喃喃地用只有自己才听得到的声音细语道："哥哥，知道你冤，也只好再委屈你一下，挪个地方吧。"于是他将赵渊尸身上身扶起，垂下两臂，又扶起下身，弯上两腿，弓起来。这样正好把赵渊的尸首团成了一团。他用塑料布一裹将尸体塞入了背筐里，用绳子捆好，背起来向事先观察好的靠近后塘村的北大沟走去。一路上他深一脚、浅一脚地走着，心惊肉跳。走着走着，他觉得好像身后有动静，回头一看黑茫茫一片，哪里有人迹，遂继续往前走去。不知怎么又听到好像身后有动静，他回头一看，仍是黑夜沉沉。赵海心想都是自己闹的，都到这个时候了还有什么可怕的。即便碰到了人，就算他倒霉，只好干掉跟赵渊一坑埋了。此时赵海也发觉事情到了这一步，自己已是心硬如铁、心狠如蝎了。还好，夜深人静，没碰到人。到了北大沟那将近四米多的沟下，他贴着沟帮挖起了坑。挖了足有两米深，才弯腰将尸身放入，随后又紧张地填上土。第二天他就借着平整土地，平了大沟。且说当时几里外东边靠近南石家务村大沟旁的一座坟，这也是他事先选好的。因为死者是赵家庄王家的小青年，才十九岁的中学生，得脑膜炎急病死的，也未用棺材。因为他是支书，村里的婚丧嫁娶都会和他打招呼，所以这事他知道内情。选这个坟是因为王家小青年个头和赵渊一般高，比赵渊早死一个月，时间上也接近。因此赵海填平赵渊掩尸的坑后，又急匆匆沿后塘至赵家庄大道沟，向南石家务村沟帮走去。赵海这个从小丧母的独根苗，其父对其娇生惯养，本来胆并不大，甚至以往夜间独自骑车走这个大道沟时都觉瘆得慌。此道小孩儿、妇女更是不敢夜行。因这个地形说起来是条路，实际上就是一条很长的深沟。走在沟里望不见沟外的情况，总觉得有一股阴气，让人害怕。赵海平时胆小，可是今日却了无惧意。他一路急行到了王某坟前，挥锨一挖，因为是砖穴，比从棺材里弄省事些。只是因为没棺材，死得时间又早些，尸首已烂了。光剩骨架，往筐里不好装。一折，上下身分开了，头骨也分开了。他只好这样装进筐里，又填好土堆起坟头。背着又走几里返回赵渊坟，将尸骨放进棺材，盖上棺材盖。又填土，堆起坟头。这样都收拾好了，他紧赶慢赶幸好都在天亮前弄完了。他马上又骑车返回了城里，蒙头大睡。这天他未参加会议，睡到吃午饭时，别人叫醒他，他说感冒了，不舒服。其实哪里是不舒服，实在是一夜之间累趴下了。

赵海一案历经一个多月的时间，终于侦破。案情大白于天下。赵家庄上空的阴霾散去了，又重新沐浴在阳光之下。王某的尸骨重新安葬回了坟穴，得到了安宁。赵渊的尸身也得重回祖坟。屈死的冤魂得到了安息。而罪犯双双受到了法律制裁。

这就是 1974 年秋末冬初平整土地运动中破获的又一起奇

案。赵海一个村支书、中共县委委员，从生活作风坠落开始突破了道德底线，最后竟然丧心病狂滑入了犯罪的深渊，做出了杀人害命、挖坟掘墓、盗尸换骨等一系列令人发指的罪行。

残杀妻女案

1976年的1月正是严冬季节，“文化大革命”已进入了第十个年头。1月8日，敬爱的周总理逝世，全国人民悲痛万分。多事之秋，全依赖总理支撑，邓小平同志已被定为右倾翻案风代表，处境艰难，一时间全国人民感到心中无了依靠。

就在这万民沉痛的日子里，1月26日，涿县百尺竿乡冯村集市，靠近村南独立的三合院东房山上，出现了用毛笔书写的整张纸的“反动”大字报。

其内容是恶毒攻击伟大领袖毛主席和周总理。显然这是冲着刚刚去世的人民敬爱的周总理而来的。这激起了村民的义愤，也激起了我们参案民警的义愤，决心尽快挖出作案人，予以严惩。

大字报的毛笔字功底深厚，书法流利，且攻击内容还不常见。上面说江青早年毕业于山东戏剧艺专，这还真是闻所未闻。因为那时江青的简历报纸上从未登载过，由此也可见书写人阅历丰富。

此案非同小可。当时正是农历的腊月二十七，还有三天便要过年了。可出了这事，谁敢怠慢?

邢德春局长立即召开了党委会，成立了破案组，保定公安处副处长王庆章还专程前来督导。依靠政保股，警力明显不足。邢局长协调警力，通过划定范围、方向，确定作案人的年龄、文化程度、社会背景。根据新中国成立后历次运动受打击的情况，开始了侦破行动，年三十、初一也没休息，转眼就进入了阳历的二月份。

我当时虽然已担任局党委秘书，但因熟悉政保工作，便带上民警孔繁瑞和田书瑞组成的三人小组，负责清理“文化大革命”中被处理回原籍的劳改、劳教人员和运动中受冲击人员的档案，以寻找犯罪嫌疑人的线索。

经过两天的查找工作，从档案室筛查出了几十名在“文化大革命”中遭受遣送回乡处理的人员。于是，我们按乡、队进行了排列，开始逐一摸排、清理。经过二十多天的工作，对所在人员逐一进行了排查。有的有政治背景、书写能力，但受居住环境限制，不具备作案条件。有的具备作案条件和书写水平，但长期未在遣送的地点，长期不归，也无作案可能。

有一人叫徐跃荣，西沙沟村人，四十六七岁。原在北京工作，曾因新中国成立前入过反动组织，并在“文化大革命”前期因为有反动言论受过判刑处理。“文化大革命”中，他作为劳改释放人员遣送回原籍西沙沟。此人有文化，会写毛笔字，有笔墨功底，而且对共产党和社会主义不满。因此我们将其作为重点对象到西沙沟调查此人，主要是为了摸清其现行表现并提取其笔迹。我们没有料到这次排查，牵查出了另一件惊天大案。

这一日，我和孔繁瑞、田书瑞骑车十几里到了边各庄乡西沙沟村。我们从东边进村，找到大队干部，亮明身份后，便了解徐跃荣这个人怎么从北京遣送回来的，现在在家干什么。大队干部老黄反映，徐跃荣有历史问题，又有过反动言论，判过几年刑，在“文化大革命”期间被遣送回家。他在北京原来有家，后来和老婆离了婚。现在的老婆是一个寡妇带着三个女孩儿，她原先的丈夫在煤矿当工人出事故死了。经人说合，寡妇于书英前几年坐地招夫，就嫁给了他。

我们在西院外观望，他家三间八成新的正北房看起来没盖几年，院子没有围墙，这是这里的习惯。因是稻田区，没有玉米秸篱笆墙，所以院子一般都没有院墙。我们问村干部，他在村里干什么活，答：“他又不会干庄稼活，就在大队部搞搞卫生，我村有个‘知青点’，他也为‘知青点’搞搞卫生。这小子会理发，所以还在大队理发室给人理理发。”经他这么一说，我想起来了，我在这儿下乡时见过他，有个人经常给人理发。我说：“那就是徐跃荣吗?”大队干部说：“那就是他。”我又问：“他会写毛笔字吗?”村干部答：“会，有时上边布置工作，让他给写些标语。”我们一听来了情绪，忙问他：“这些标语还在吗?”他说都是临时写的，事一完，风一吹就没有了。我们一听泄了气，看来凭标语辨别笔迹是不行了。于是，我们四人到了徐跃荣的屋前。只见门是单扇的，上边有锁，我和孔繁瑞、田书瑞三人从单扇门的两边窗玻璃上向里观察屋内的情况。看到靠西墙的大墙柜上放有一个高粱秸编成的放食物的盖帘儿，上面放着半盖帘儿包好的生白面饺子。我们问村干部：“他家门锁了，人都哪去了?”村干部答：“昨天一早，我还没起，徐跃荣隔墙叫我，说要回北京看看。他和前妻的儿女们还有联系。他还说他媳妇和孩子回娘家了，要我帮忙看下家。”我们一听，原来徐跃荣昨天一早就走了。我们感到奇怪的是：徐跃荣回北京赶市郊火车要起早，他媳妇回娘家又带着孩子起那么早干吗？再说干吗还剩下这么多饺子啊？问村干部，他媳妇哪儿的娘家。说是铁路东莲池村。从这西沙沟到莲池二十多里路，上午骑自行车很从容地便到了，还起的什么早呢？也许是职业习惯，对事情违反常态总容易起疑。于是，我又问村干部："他夫妻二人关系怎么样？"答："刚结婚时还可以，近年来总是争吵。我们两家离得近，一吵总免不了过来劝架。"我说："最近吵了吗？"村干部答："吵，天天吵，就是前天晚上还吵了，昨天一早才走的。"我问："吵的什么？"答："前天晚上他俩天一擦黑就吵，吵到半夜也没停。后来我听还打起来了，我就过来劝架。我站在他家屋门前，对他们说：'你们放着好好的日子不过，整天吵什么？'徐跃荣也不开门，在屋里说：'大叔，你就别管了，这日子没法过了。'我过来时还听见孩子哭，这时孩子不哭了，听不见于书英说话。我见没法劝，只好在院里说：'都过半夜了，别吵了？'就回家了。"

我一听，既然有人来劝架，必然各说各理，为什么徐答话而徐妻不搭言也不叫屈，于是又问："你听他们打架时怎么说的，什么动静？"答："不知徐用什么东西打媳妇，听着通通地响，就像劈柴的声音。"我一听更觉得奇怪了，什么东西打人发出劈柴的声音呢？我说："听见大人和孩子的哭喊吗？"答："只听见孩子哭喊，后来不哭了，一直没听见于书英的声音。"

我们觉着奇怪，就又到窗前向屋内查看。为了打架饺子都剩下不吃就走了，什么事这么匆忙呢？再向屋内观察，也没什么新发现。这时村干部又说：“今天徐跃荣在北京的女儿和对象还来找过他，一见门锁着就走了。”我们想起来了，进村前在路上见过一男一女。男的穿黄绿色的人字呢旧校官军装，肩上还有肩章的痕迹。从两人的穿着打扮来看，一看就不是本地人。我们把这二人的体貌和衣着打扮一说，村干部说就是他们。那男的还说自己是北京市公安局的。我心想未必，明摆着徐跃荣是劳改释放人员，公安局的人会与他女儿搞对象？组织上能同意吗？那么，他们急匆匆地干什么来了？据村干部反映，他女儿轻易不来。那就奇怪了，看来是为什么事来的。我们三人互相看了一眼，心里都明白可能有事。

人走屋空，门锁着，又不知几时能回来。我们不甘心，想好好看看屋内的情况。我仗着自己年轻，当时刚二十六七岁，一跃上了窗台，推开了单扇门上端的顶风窗扇。这一下，视野开阔了，屋里也亮堂了。炕上炕下，墙壁、屋顶都能看到。一见炕北地下有两双小孩儿的新鞋，我就问村干部：“你不是说孩子跟妈妈回姥姥家去了吗？怎么炕下还有两双小孩儿的新鞋？”看来鞋是过新年时做的，所以看着还新。南墙角下一盆洗脸水，水全是红色的。我觉得很奇怪，怎么都是红色的？难道还染什么色来着？不对呀，又见炕上靠炕沿处有一大片深色显红显湿的地方。这是怎么回事？这时我又往北墙上一望，一道道红色条状的印迹，这不是喷溅的血迹下流的形状吗？我马上向顶棚上看去。天啊！顶棚上也有明显的喷溅形血迹。

我大叫了一声“不好！”，翻身跳下了窗台。我说：“不好，有情况。”我对村干部说：“你马上去叫村支书、治保主任到这里来，我们砸门，进屋搜查。注意保密。”村干部一听慌了神，虽不知什么情况，但感到事情一定很严重。他转身急匆匆地出去了。我也从窗外指点给老孔、小田二人看：小孩子过年穿的新鞋，全是红水的洗脸盆，墙上、顶棚上的喷溅血迹，炕上大片可疑的红色印迹。一开始从窗外看不清楚，经我一指点，二人也感觉事态严重。联系到人走了还剩下不少生饺子，小孩儿走时都没有穿鞋，感觉确实有些蹊跷，可能出大事了，必须进屋查看。

正在说着，村支书薛某某和治保主任到了。我说：“这小子有问题，得进屋查看。”我当时年轻，性子又急，说：“你们就做见证人得了。”说着，鼓足力气，飞起一脚，门就被踹开了，一行人都拥进了屋里。我和大家看见北墙和顶棚上都有喷溅的血迹。再看炕上有红色的潮湿的一大片，显然是擦拭过的血迹。地下还扔着一团沾满血迹后已变成红色的毛巾，显然是经擦拭后留下的。我一跃上炕，将未叠成垛只是杂乱堆放作一团的被褥拉开。大家一下子都惊呆了：只见被褥上血迹斑斑，还有散乱的一团团的头发粘在一起。薛支书大惊：“出人命了！”

但受害人在哪儿？我们几人不约而同奔向里间屋，只见里屋都是麻包，用手一掀都很轻，原来是稻糠包。也许是因为心急和心情激动，我们连翻了五六个大麻包也不见形迹。大家就又返回外屋，我从炉坑板上拿起火通条，把炉坑盖板一个个挑开。我不顾污秽肮脏，跳下炉坑，用通条探看，找到两件血衣和大人的血裤衩。大家这时更明白了事情的严重性。平时不爱多说话但遇事比较细心的孔繁瑞，发现了墙柜和靠墙的缝之间插着一把菜刀。刀上血迹斑斑，还粘着头发，刀口砍得有好几处缺口，毫无疑问，这就是凶器了。因为找不到受害人的尸体，大家又出了屋，只见贴西房山有一个三面墙带屋顶的耳房，堆放着筐、农具、几大捆稻草帘，逐一翻过之后也不见踪迹。老薛说："是不是埋起来了?"于是我们又围着院外和附近察看地势，也没找见挖掘过的新土。

大家对望了一下，有些茫然。我说："回里屋再看看。"我们重又返身进里间屋。

这次我们不怕费事，一袋袋地将稻糠包翻开，翻到最底层时，一具一丝不挂的女尸趴伏在地上，头部血肉模糊，旁边是两具赤身裸体的小女孩儿的尸体。真相大白了，前天夜里母子三人被杀害了，早已没了生命迹象。

我们马上布置，要薛支书安排民兵来院里保护，封上屋门，就说有政治问题要查，夜里也要保护现场，等公安局来人。支书和治保主任哪里见过这场面，深感事情重大，连连答应，马上安排。

布置好后，我们返回到局里，向邢德春局长汇报了经过。邢局长听后立即给地区公安处挂电话，请求法医勘查现场。他又指示治安股同铁路公安协作，通缉杀人嫌疑犯徐跃荣。

第二天一大早，公安局局长邢德春率十多名民警早早赶到现场，等待地区公安处来人。约近午时地区公安处法医郭树一行技术人员赶到了，我局技术员师玉吉等人协助勘验尸体。村支书预备了几张席子铺在院子里。民兵们已经手拿棍棒在屋外守了一夜。陆续有群众围了过来，民兵还故作神秘地说："徐跃荣有大问题，群众都等着看稀罕呢。"

待我们将三具赤身裸体的尸体从屋里抬出放在当院的席子上由法医勘验时，众人大哗！几个民兵也吓坏了，原以为这家的徐跃荣有政治问题，没想到是看了一夜死尸，这时才感到后怕。

受害人于书英有三个女儿，一个因住在姥姥家逃过一劫，在家的母女三人全部遇害。于书英当时年近四十岁，两个女孩儿大的五岁，小的三岁。验完尸，大队和于书英家的亲戚一起给死者办了后事。

我们回到县局的第二天，消息传来，丰台火车站铁路派出所发现一个可疑的人总在车站广场转悠，已经好几天了。民警上前盘问，对方言语支吾，遂将其带到派出所盘问。最后该人承认自己叫徐跃荣，是涿县人。

于是公安局教导员李少先带上治安股民警张立群、胡为民等人马上坐火车赶到丰台火车站，将徐跃荣押解回了涿县。

原来徐跃荣逃到丰台火车站后，不敢坐直达北京永定门车站的车去前妻家取钱和粮票外逃。他怕还没逃出去，便被公安人员追来逮住。永定门距市区太近，车站治安检查得严，他怕露出马脚。所以，他选择了在离市区远些的丰台站下车。在丰台他用一街道电话给北京的家打了个电话，说他出事了，要躲一躲。他女儿和对象就去村里找他了。

由邢局长和治安股高股长坐镇，与我一起审问徐跃荣。徐跃荣被带进审讯室后我一瞧，果然就是我在那村下乡时见过的那个理发的人。只见他中等身材，显得瘦削文弱。衣服很合身，也很整洁。徐跃荣从北京被遣送回乡，北京还有离异的前妻和儿女，所以衣着打扮上还未脱离城市的痕迹。再加上他一张白净瘦削的脸庞，如果不知底细，怎么能将眼前这个白白净净略显单薄的中年男子和杀人的凶犯联系起来呢？在徐跃荣白净文弱的外表之下，却长了一副蛇蝎般的狠毒心肠。我满怀对无辜死者的同情和对杀人凶手的愤恨，厉声问道："徐跃荣，你为什么要杀害妻女？"徐跃荣交代，原来他怀疑其妻于书英和大队一个干部有不正当男女关系，是否确有其事，无法证实，为此他总和妻子吵架。出事的当天夜里又吵了起来，因为于书英不服，说他乱怀疑。待妻子睡熟后，徐跃荣杀心顿起，他拿起菜刀向于书英的头部砍去。于书英被惊醒了："你这是干吗？你要砍死了我，你也活不了。"徐跃荣奋力砍去，孩子们也闻声被吓哭了。这才惊醒了邻居，赶忙过来，站在屋外劝架。据徐交代：邻居在门外说他为什么放着好好的日子不过，总吵架时，他吓坏了，怕对方敲门进来，也怕孩子出声说出实情。于是他压在于书英身上，一手掐住一个孩子的脖子，对屋外说："你就别管了。这日子没法过了，你回去吧！"其实邻居听到的两人打架发出的所谓劈柴的声音，正是凶犯徐跃荣用菜刀猛砍于书英头部发出的声音。没听见于书英讲话是因为她已命悬一线，只能发出轻微的呻吟声了。孩子被徐跃荣掐住脖子，直至窒息而之。

我们问徐跃荣："如果邻居硬要敲门进来劝架，你怎么办？"徐跃荣阴冷地回答："那也没办法，为了脱身，我也只能杀他了。"好一个变态的恶魔！

我们继续审问："你在北京有儿女，即便与前妻离婚了孩子们也还是你的亲人。你外逃中传信到家里，你女儿还带人来村里看你，可见对你还有亲情。在西沙沟，你当初来时孤身一人，别人给你介绍了于书英，说明她和你有缘。你干不了庄稼活，村里又照顾你给你安排工作。你却忘恩负义，恩将仇报，起嫉妒之心，毫无人性地将于书英杀死。两个孩子何罪之有?"在义正词严的质问之下，徐跃荣语塞了。我又接着说："你在人家招赘数年，人家收留了你，你却如此回报。你真是毫无人性的冷血动物，禽兽不如!"徐跃荣说："别说了，我不是人，事已做下了，赶紧枪毙了我算了。"我说："那是自然，你以一命抵人家三命，死有余辜。等着接受审判吧！但你必须把犯罪事实交代清楚。"他见事已至此倒也干脆，把犯罪的经过交代得清清楚楚，没一点儿拖泥带水。让徐跃荣写供词，其笔迹与反动标语的笔迹明显有异，将其予以排除。就这样，我和孔繁瑞、田书瑞三人，原本是找嫌疑人徐跃荣调查反动标语案的线索，没想到却无意中破获了当时还无人察觉的灭门杀人案。他到丰台火车站给家里人传话后本打算向家人借了钱和粮票之后外逃，就在他等待的时候，由于我们及时发现了现场，及时通报了铁路公安部门，使他外逃的企图落空。

这真是"天网恢恢，疏而不漏"。

恶性杀人潜逃案

在涿州城西北方向，有一个和涞水县、房山县接壤的村庄，名叫西疃。这是个大村，当时有十九个生产队，近千户人家，几千口人。西疃村过村西拒马河即是涞水县的高村，再西去十多里便是太行山脚下的山村。北过拒马河分支便是北京市房山县的南河村，南河村北去二里处是太行山脉。

西疃村的西、北都是太行山脉。西疃村坐落在拒马河分支的河畔。村庄正处在拒马河两分支的交汇处，太行山两道山峰夹角处。可以说背山面水，位置颇佳。这是一个得山川之灵气，受河水灌溉之便利，水肥土美的村庄。

可是，好景不长。随着上游水库的修建，村西拒马河水逐渐干涸，村里的农田失去了河水的灌溉干涸了。此处又是个风口，随着太行山脚下的山风吹来，细碎的河沙时时飘起。二十年下来，过去像河胶泥一样肥沃的良田，已成细沙垫底的贫瘠薄田。更有一害，风起沙扬，扑天遮日。路有行人，扑面眯眼，无法前行。西疃村随着土地的沙化，粮食减产，人们生活日渐贫困。这个远离县城，三县交界，依山傍水的偏远之地，城中心之人大多不知它的存在。

1980 年 4 月 17 日，这个村庄突然出了一件大事，惊动了全县。

这年春天，天气乍暖还寒。一个夜黑风高之夜，村民严凤和就在那块方圆几里的河滩沙地上，趁着风狂沙扬、扑面迷眼的时候，兽性大发，用短柄木板镐连续砍死四人。手段之凶残，令人发指。

当他欲进一步伤害村干部时，因惊动了大家，群起捉拿而畏罪潜逃。

严凤和这一逃，如石沉大海，竟然在几年的时间里音信皆无。时光荏苒，转眼几年过去了，时间定格在了 1987 年 1 月 25 日这一天。这个潜逃六年九个多月的凶手却被偶然发现了，并被擒拿归案。这和当年凶犯行凶一样，事情来得也是这样突然。

说是突然，并不太准确，实际是一次偶然事件。当然，偶然中也有必然。因为凶手无论逃到天涯海角，逃得多么年深日久，终归会有被擒拿归案的一天。

严凤和被抓获的经过，颇具戏剧性。事情发生在 1987 年 1 月 25 日，也就是农历的腊月二十六这一天。当年“4・17”凶杀案被害青年之一周姓女子的弟弟周玉冰，和他同龄的儿时伙伴于海龙在远离家乡涿州二三百里之外的安国县城内为一家地毯厂做砍毯师傅已近两年。这天他俩带着几个十几岁的女徒弟和四五块地毯，从安国坐公交车到定州火车站，再从定州站上火车到了涿州站，随后到离车站不远的涿州西河地毯厂交货

（该厂可以出口地毯）。周、于二人在安国这两年，还是第一次来涿州交活。令他们没有想到的是，这次交活竟然有着令人意想不到的收获。之所以带来四个小徒弟，就是为了收毯方验货时如有质量问题好当场修剪合格后再交货。一切顺利，交货后他们没有停歇又回到涿州火车站。正值春运期间，返乡的人特别多。他们赶忙提前买票。下午五点多，他们买到了途经涿州的北京直达石家庄的火车票。坐这趟快车是为了在定州的大站下车之后再坐公交车回到安国。

差四天就到过年了，铁路部门虽然增加了车辆，可还是人多拥挤，显得很忙乱。如果光周玉冰、于海龙两个小伙子早就挤上车了，可是还带着四个女孩子。她们都没出过远门，所以不敢让她们几个自己回家。来时厂长就吩咐他俩将孩子们送回安国，再回涿州过年。要不是因为她们四个的话，周玉冰、于海龙当日便可回涿州西疃的家过年了。

但真要是这样的话，也不会发生后来的故事了。那严凤和如果逃过了这一劫，何年何月能归案就难说了。

本来周、于两人已经挤上了车厢，但这四个小女孩儿人小力单，在那拥挤的人群中怎么也挤不上去。火车鸣笛了，就要开车关车门了。没办法，周、于二人只好下车。这趟直达快车算是误了。他们只好找到售票员想办法。售票员说："后面还有一辆春节期间临时加开的慢车，是北京到石家庄再到太原的，站站停。"于是，他们只好改签了这辆六点多的慢车。周玉冰、于海龙带着四个女孩儿好歹挤上了车。两个青年几年来出门在外常乘火车也坐出了经验，他们知道靠火车头第一节和最后一节车厢人少，容易找坐。他们年轻力壮，四个女孩子出门又觉得新鲜。他们就上车后一节车厢一节车厢地挤，一直挤到了火车头后面的第一节车厢，果然人人都找到了座位，离登车口又不太远。安顿好，他们就静等到定州了。

慢车之所以慢，就在于见站就停。这样边走边停，一个多小时后才到了徐水站，这时已是晚上八点多了。徐水站上车的人也不少。周、于二人在第一节车厢西边座位上正坐着，这时上来一个乘客，瘦瘦的，肩上扛着一个大蛇皮行李包，看不见脸。满车是上下车的人，谁也不会去注意谁。周、于二人也一样，没去特意注意谁。只见这个扛包的人走到他俩面前不远，把蛇皮袋子的行李向行李架上放去，放好后一垂手，脸就露出来了。于海龙眼尖，一见这人他不禁一愣，又细一看，不禁全身一震："这不是严凤和吗?"虽说隔了近七年，当年严案发生时他不满四十，现在也才是四十多岁，正当壮年，变化不大，容易辨认。错不了，就是严凤和！严凤和忙乱中也没有注意到他们。他又急匆匆地返身下车提上来两个大包。随后又第三次返身下车，看来他的行李还真不少。后来才知道，他是专程来白沟进货的。这时，于海龙一碰周玉冰说："严凤和！刚才上来的人是严凤和！又下车拿东西去了。"周玉冰一听是杀姐姐的仇人眉毛都立起来了："是吗? 在哪儿?"于海龙说他又下去拿东西了，马上上来。正说着，只见严凤和又提着一个大包上来了，放在了脚下。他随便找了个座位坐下，正坐在周、于二人的斜对面，相隔三四米远，被他俩看个真真切切。不是严凤和又能是谁? 只见严凤和掏出一包江米条吃起来。周玉冰细看之下，真是又惊、又怒、又喜、又恨，一时像打翻了五味瓶，各种滋味涌上心头。这么多年了，这个恶魔竟然在这里出现，而且被自己撞见了。他喜的是报仇的机会终于来了；恨的是严凤和这时还浑然不觉，吃得有滋有味。周玉冰心想，你外逃七年，这日子该到头了。他和于海龙商量该怎么办。于海龙叫他去找乘警报告，他留下来看住他。趁严凤和没认出他俩，还没察觉，正是机会。周玉冰报仇心切，马上急匆匆向后面车厢走去找乘警。他走了几节车厢后向列车员打听到了乘警室，马上向乘警汇报："我村重大杀人犯严凤和在车上，请赶快去抓。"乘警三十多岁，中等个儿，一听是重大杀人嫌疑犯，忙盯问周玉冰："确实吗?"周玉冰说："没错，前几年杀了人，外逃七八年了，被杀的人中就有我姐姐。他在第一节车厢里，我有个同伴也认出他来了，正暗中看着呢。"乘警一听他说得一点儿都不含糊，觉得十分可信。二人商量好擒拿严凤和的办法后，乘警换上便衣，以免引起他的警觉。二人前后相跟着向第一节车厢急急奔来。到了第一节车厢，严凤和已吃完江米条，立起身伸了下懒腰，看样子要坐下休息。周玉冰报仇心切，趁严凤和没认出自己，正好还未坐下，迅速绕到他身后，猛地紧紧地抱住了他的腰，使他双手不能动弹。乘警迅速从前面用枪指着严凤和的头喝问道："叫什么?"严凤和遭此突变，如五雷轰顶，一时慌了手脚，双手被抱住又动弹不得，又见枪指在脑门，心知是遇上了便衣警察，知道坏了。他本来平时就结巴，这时结巴得更厉害了，嘴唇哆嗦着答道："叫，叫，叫，叫，李，李福。"民警道："什么李福，你祸事到了。你是严凤和，是不是?"严凤和一听，竟然叫出了他的名字，明白对方已经知道自己的底细。他见大势已去，脑袋便耷拉了下来。民警对其搜身，身上什么也没有，腰间只有一个当时流行的四方形装钱的皮盒子。于是给他铐上了双手，又抽出他的腰带。严凤和就这样戴着手铐，手提着裤子，跟乘警和周玉冰、于海龙等人向后边车厢走去，来到第十三节车厢——行李车厢。

这时，严凤和已缓过神来。他看了看眼前的小伙子周玉冰，才知道正应了古语说的，冤家路窄。他迟疑着说："你是周家老三吧！"周玉冰仍然怒视着他，他又接着说："我对不住你们，可现在说什么也晚了。我觉着这次往北来就危险。平时我到石家庄就不再往北来了。这次冒险进货，是打算开春到西安去卖，想换个地方。"接着他又嘿嘿一笑，说是笑，其实比哭还难看。他一米七左右的个头，因为瘦得干瘪，像个麻秆。瓜子脸、下兜齿、尖下颌、大眼睛，因为脸瘦显得五官特别不匀称，好像都挪位了。他的嘴角神经质般的颤动着，结巴着说："早知道有这么一天，没想到落在了今儿个，该着。"

火车在徐水站误点一个小时，这段时间里，车上的列车长、列车员、行李押运员都围观严凤和。大家七言八语地说："就这么个瘦麻秆丑八怪还敢杀人？还杀了好几个？"人们看严凤和好像在看一头怪兽，因为从第一车厢押着他走到第十三节行李厢，整列车后来都知道抓了个杀人嫌疑犯。离着行李厢近的乘客，不论看得见看不见都扒着玻璃往里面看。

车终于开了，过保定直达石家庄。上来几个警察，押着严凤和下车到了铁路公安局，随后又安排周、于等人休息。第二天签票免费让他们六人回定州，经定州回安国。周、于二人随即返回涿州回家过年。

周玉冰协助公安机关擒获重大杀人犯，后经公安机关、乡镇党委和政府批准授予三等功，并奖励电冰箱、电视机各一台。于海龙也受到公安机关和乡镇政府、村支部的表扬。

严凤和这个潜逃近七年的案犯，没有逃过 1987 年这个年关，最终被涿州市公安局派出的民警李少先、徐焕义、陶秀峰、刘永刚乘车押解回涿州。

怎么会这么巧让受害人的弟弟与凶手在车上相遇了呢？据后来严凤和交代，正像他所说的，这几年他最北只到石家庄，再往北就不来了。他说我们村人一般最远只到石家庄。所以为了安全，石家庄以北他从来不来。

这次因为自己的住处清查流动人口，他起了疑心，怕暴露，就赶紧换了个地方。可这样一来，白沟的货发不过来了，地址不对了。那时通信不发达，联系中断，货源便没了。所以他这次冒险来一次白沟，准备定好货源，便可以从此一劳永逸了。他心想快打快撤，哪能这么巧就出事呢？虽说如此，可他越往北走心里越别扭。几年过去了，可这几天那几个冤魂的形象在脑际里出现得更频繁了。正像他被擒时所说的，他觉得这次往北来十分冒险。他在白沟办完了货，急忙上了公交车。这是白沟到保定的公交车，从白沟出发经容城县南走安新县路到徐水火车站，这是南去的必经之路。本来他算的时间很准，必须赶那趟北京直达河南郑州的快车。时间是充裕的，可到了徐水火车站，临过春节回乡的人多，他又带着大包小包，挤来挤去，他就是没能买到那趟北京直达郑州的快车票。他知道，不能坐慢车，那样在石家庄北边走，万一不顺可能遇上老乡。但人算不如天算，他到底没能买到这趟快车的票。时间已将近晚上 9 点了，再晚就没有直达的快车了，住一夜如果碰到查店的更危险。万般无奈之下，他这才买了这列春节临时加开的慢车。而他坐的这列慢车，恰恰是周玉冰他们坐的这趟。鬼使神差，他们阴差阳错地坐上了同一趟车的同一节车厢。如果周玉冰、于海龙不带着几个女孩子，也就坐了快车，可是女孩子们挤不上去，误了车。这才无奈改签了这列慢车。也正因为如此，才巧赶巧，都上了这趟慢车。这种奇中奇，巧中巧，可谓千载一遇。只能用佛家因果报应的话来解释了：阴错阳差，鬼使神差，罪孽深重，冤魂缠定，在劫难逃。冤仇不申，天理难容！

1980年的4月17日夜接到报案后，我曾随公安局刘守信副局长带着十几名民警，还有保定地区公安处、省公安厅的人出现场。记得省公安厅刚刚配备了一台录像机，这也是第一次出现场使用该设备。

两个小时后我们便赶到了现场，因去这个县边远村都是难行的土路，这是最快的速度了。局里交通工具少，也陈旧，为了防止车子半路抛锚，特向驻涿县中直单位借了越野车，这才两个小时赶到现场。现场正是两河交汇的大河滩。当时已过半夜，是个大风天。风力当有七八级。大风抛沙扬尘，河滩上风沙满天，吹得人满脸满嘴都是沙土。真的是阴风怒号，星月无光。

当时，正是给小麦浇返青水、上化肥的阶段。现场一坡坎下，躺卧着被严凤和用短柄木板镐砍死的生产队长，身上浅浅地盖了一层浮土以掩人耳目。队长三十多岁，身材高大强壮。严是从背后趁队长躺着休息时，偷袭才得手的。不然，两三个他也不是队长的对手。离队长尸身南边不远靠近水泥沟渠处，是三个刚撒完化肥枕着盛过化肥的脸盆睡觉的女青年，都是十八九岁的青春少女。一个在睡梦中被砍死，还有两个惊醒后，一个被砍卧在第一个受害者的腹部，另一个已跑出去七八步也被追上砍死。这三人中就有周玉冰的姐姐。在勘查现场时，当看到三个姑娘竟然没有一个人穿有内裤时，省公安厅把托摄像机的年轻同志手都抖了，扛不稳摄像机了。他眼含热泪说："真没想到，农村的姑娘竟然苦到了这种地步。"我们的眼睛也湿润了。是啊，农民的生活太苦了。刚有个盼头，却在睡梦中遭了恶魔的暗算。三个花季少女，她们的生命消逝得太早了。她们消失在了改革开放初期，这个冰雪已然融化、百花即将盛开的春天。再过一个月，涿县即将实行分田到户，实行联产承包责任制。各家就能种上自己的责任田了。苦难的时光即将成为过去，幸福生活就在眼前。可是，恰恰在这黎明之前，她们过早地结束了生命，只望见了天明的一线曙光。

三个姑娘刚被砍倒，正在此时，青年张某前来换班。他见到眼前地下有人呻吟，这正是跑出几步被砍倒的那个女青年。因夜黑张某看不清楚便走到跟前看，听见她在呻吟，便问严凤和那是谁，怎么了？严凤和答，是某某某，她肚子疼。张某俯下身侧过脸欲看个究竟。这时严凤和照张某的头部猛一镐砍下。一则天黑，二则张某正在低头，棉袄的领子也卸去了点儿力道。所以，镐刃砍在了张某侧脸的下颌部，把下颌骨砍伤，皮破血流。张某受惊之下跳起来大骂，并抄起铁锨奔向严凤和。严凤和见形势不好，慌忙逃命，逃跑中丢下了木板镐。

当我和刘会找到这位死里逃生的张某时，他犹惊魂未定。他的下颌骨草草包扎着，绷带上还渗有血迹。事情毕竟刚刚过去不到三个小时，而他是五个人中唯一的幸存者，已在鬼门关上走了一遭。他在述说中仍时不时地打冷战，并不由自主地向门外望一望，好像害怕会突然遇到什么危险似的，好夺门而逃。可见这次风夜惊魂，在其心灵上留下了多么深重的创伤。

逃窜中的严凤和这时想起还有一名干部经常在饲养室过夜。白天他曾问过这个干部，晚上在哪睡。干部说："家里来人了，饲养室睡去。"所以他抄起一把浇地的长柄大尖锨，不向村外逃却往村里跑。他到饲养室一是想杀这个干部，二是想杀有旧怨的大车把式。进了饲养室，他扬锨猛地向炕上的人挥去。不想饲养室是简易房，房太矮，屋里又狭窄，一扬锨，长柄便碰到了房顶，无法用力。所以他只好平端着锨去铲，这样力道便小了。他找的干部不在，只有大车把式和两个小青年。三个人在炕上滚，用被子挡，并大声呼叫。严凤和见目的难以达到，又怕叫声招来人，所以仓皇而逃。

从此，他踏上了漫长的逃亡之路。

严凤和这一逃，可苦坏了这村的乡亲。原来人们眼中的病猫，现在却成了凶恶的狼。人都跑了，却还怕他回来报复。干部、民兵带上鸟枪、梭标枪，日间放哨，夜里巡逻。连五十年代受过表彰的全国治安工作模范、村治保主任王禄同志，也在自行车兜里放一把镰刀以备防身。可见，人们的神经已经紧张到了什么程度。被严凤和砍伤的张某为了防身，自制了一把短柄火枪，整天上满火药戒备。一天一名青年来家里串门，上前来摆弄火枪。张某提醒说："装着药呢！"话音未落，该青年已失手枪响。该青年被打折了左胳膊，之后肌肉萎缩，手伸不直，落下了残疾。说到底，这都是严凤和这个祸害造成的灾祸。一时谣言四起，人心浮动，鸡犬不宁。可以说，严害不除，村无宁日。

那么严凤和是怎样逃的，又逃到哪里去了呢？七年来，他都在哪里潜身隐藏呢？

审问中，严凤和作了交代。当夜，他曾想跳进拒马河深水处自杀。不想水不没顶，自杀不成还弄了个浑身湿透。于是，他逃到河北岸的房山县南河村的一户人家。人家见他落汤鸡的样子吓了一跳。问干什么的，他谎称遇到劫道的了，跳水跑到这儿了，想要点儿吃的，并用自己的湿衣服和这家换了身干衣服。之后，他连夜逃过河西到了涞水县的大赤土村，又要了点儿吃的，慌忙向北赶，逃到了房山县的张坊镇。真是急急然如丧家之犬，茫茫然如漏网之鱼。他心里在想，快快逃，逃得越远越安全，要向荒凉处、偏僻处逃，那样不太引人注意。所以，他由张坊向西一头扎进了涞水、涞源的深山区。为了避免盘问时暴露身份，因为他有结巴这一容易被人发现的语言特征，所以他干脆装哑巴要饭。就这样，一路到了山西省境内。几个月后，他又由山西逃到了河北井陉县境，在这里停留了一段时间，摆起了棋市谋生。他不敢在一地久居，辗转到了磁县，暂作停留进入了河南境内，经安阳、新乡、开封最后在郑州铁路西的城乡结合部停了下来。除郑州外，以上几个地方他辗转生活了四年多，生活来源依然是摆棋市，后来又卖起了小商品。因小商品需从白沟进货，所以他开始时一两次往返都是坐直快列车，为的就是这趟车涿州站不停，可以减少与家乡人相遇的机会。后来联系好了，都是由白沟向他的住址发货。他再不轻易来白沟了，尽量减少向石家庄以北来的机会。因他如此费心机，才致使他潜逃了七年。被抓以前他在郑州扎下了根，度过了两年时光。他在郑州住得最久，在那里租了一间房，依旧是出去摆地摊，卖杯子套、手表带、拉杆箱、书包、石质健身球等小商品。这期间，他还和一个当地女人同居了。女人曾要求到他北方的老家看看，他哪里敢说老家是哪儿，又哪里敢往家里领，再说哪里还有家？所以，他只是和那女人鬼混却不敢结婚，怕的就是露馅儿。

郑州是他人生的最后一站，也算是从这里被擒的。当涿州公安局教导员李少先带领民警徐焕义、刘永刚、陶秀峰来到郑州搜查他的住所时，和他同居的那个女人已经闻风跑了。屋里除了一些小商品之外，还发现一袋核桃和一袋白糖。刘永刚后来问严凤和作何用，他回答："常年摆棋市耗费脑力，用核桃蘸白糖，吃了补脑。"看来，逃亡近七年，多次往返白沟并在十多个城市潜逃而没有被发现，他没少耗费脑力。但人生和下棋一样，总有输的时候，最终他还是败露了。

严凤和对下棋情有独钟。在逃亡路上，他很长一段时间把摆棋市作为谋生的手段。直至伏法前，他还在和管教人员吹嘘他的棋艺如何高超，甚至多次要求和管教人员下一盘。他说："你试试就知道了，我的棋术到底怎么样。"看来，他对下棋有情结，但就是没有参透如何下好人生这盘棋！

严凤和是怎样走上杀人行凶的道路的呢？严凤和本是一个个子只有一米七、瘦弱成麻秆、面相又丑陋的胆小之人。他本来就腿细还带点儿罗圈腿，再扎上副绑腿，叫人看上去显得不伦不类。他特别不合群，村里、队里也没人拿他当回事。

出事前也有征兆，可惜未引起人们的注意。他曾经当着别人说："早晚杀了他。"人们一撇嘴心想，看你那德行，还想杀人。因为他这个瘦弱单薄的身子骨，的确不像能干成这类事的人。

后来他竟然无故与妻子离了婚，这在20世纪80年代的贫困农村是少有的。本来穷，娶个媳妇不容易，离了哪还有能力再娶？他只怕连累家人，预先留了后路。离婚时有三间房，分给妻儿两间，他分一间。这一间后来他也卖给媳妇了。他媳妇哪来的钱买？明摆着是掩人耳目罢了。出事前他还炖肉吃，他平时日子过得很细，根本舍不得花钱，所以这本身就很反常。家中只有他一张照片，也事先销毁了，等事发后发通缉令都找不到照片，可见其用心之深。可这些疑点在当时并没引起人们的警觉。

他为什么要杀人呢？十年"文化大革命"，穷困的农村也没有躲过这场浩劫。村里支部、大队领导班子形成两派，各生产队也分成两派，只不过各队两派的势力大小不一而已，像严凤和这样一个普通的农民，也深陷于派性斗争之中。一开始村中两派还处于文斗，继而发展为武力冲突，有的人还出村、出乡、出县参与武斗。由于派性严重，村里在武斗时还打死过人。两派积怨已久，"文化大革命"后也一时难以化解。严凤和一直认为，脏活、重活队里都安排他干，积肥量粪方也给他少算立方、压低等级使他损失工分。队里事事为难他，就连好容易求队里的大车到房山县周口店北边的长岭煤矿拉吨煤，其实是从煤矿捡拾的煤块，大车把式还故意不叫装足，说是超重牲口受不了。他再三恳求，大车把式不为所动，硬是扔下二三百斤煤没给拉。他认为这是在故意欺负他，而不想想是因为他为人太抠的缘故。在农村有事帮工家里还得预备点儿好吃的，可他用人拉煤却让大车把式吃窝头、咸菜。他心胸狭窄，不认为自己有问题，却在心里和别人记下了仇。

这一切使他心中充满了愤恨，他表面上装作若无其事，却在心里酝酿着以死相拼的恶毒计划。他已从一个瘦弱干瘪的胆小鬼变成了杀人恶魔。

半年以后的一天，在涿州城西几十里的刑场上，从这里再往西北行约十几里便是严凤和的家乡。啪的一声，随着清脆的枪响，严凤和被执行了枪决。

严凤和如果不是心胸狭窄，也许能避免惨案发生。他也就不会沦为西疃村的罪人，跌入万劫不复的罪恶深渊。但遗憾的是，他没有这样的心胸和气量，他把自己变成了魔鬼，杀害了四人，重伤一人，还使一人手臂致残。

冒名顶替杀人案

1982 年 8 月中旬的一天上午，我正在镇派出所处理治安案件，电话铃突然响了。我拿起电话，是保定地区第四医院[①]保卫科李科长打来的："李所长，我们这里抓到了一个可疑的人，他大白天闯进了我院医务人员的家。正赶上主人回家，问他干什么的，他说找水喝。人家门关着，家里无人，他进了屋，找什么水喝，很可疑。近来我家属院大白天总丢东西，我们把他扣住了。李所长你来吧。"我放下电话，丢下手边的事，叫上民警许新国、姚玉萍骑自行车赶到了四医院。李科长又介绍了一下情况，并说近几天家属院大白天已有三家被盗了，都是趁家里无人时干的。

我简单打量了一下眼前这个被扣住的人，一米六的个头儿，穿着虽普通，但很干净，面目清秀。简单搜了下身，他还来了句"凭什么搜查我"，没发现带撬压门锁的工具和

① 驻涿州保定地区第四医院。

凶器。

到了派出所后又详细地对其进行了搜身。这次发现他内衣兜里有一枚金戒指，再搜又发现一串钥匙。还有一个钥匙，显然是自行车的钥匙。问他自行车在哪儿，他回答说没有自行车。那要自行车钥匙干吗？他说钥匙是捡的。这话听着别扭，没自行车，捡了钥匙有什么用，还带在身上？又问金戒指哪来的？回答在商店门口捡的。我说：“你真是好运气，怎么好事都让你碰上了。”问他哪里人，答是黑龙江人。具体在什么地方，回答是克山县克山农场。问是劳改农场吗？回答不是，是农垦兵团的农场。叫什么名字？多大啦？回答叫崔家俊，二十四岁。什么职业？农场工人。原籍就是那里吗？回答原籍就是克山县。

我再次仔细打量着眼前这个人，衣着虽普通，但干净利落，两眼有神。一问一答，没有丝毫慌乱，镇静自然，好像充满了自信。他说原籍就是黑龙江人，但我丝毫听不出他有东北口音。相反，他是一口纯正的北京口音。随着电视上小品的传播，东北口音人人知晓，身边也总有人操着东北口音谈笑。我去过东北，知道东三省的口音大同小异，绝对有别于关内口音。他一口的北京话却自称原籍就是黑龙江省克山县，不能不引起我的怀疑。我考虑要么他确实没有问题，心里无愧，所以镇静自若。要么是长期流窜在外，受过打击处理，和公安机关打交道多了，有反侦查、反询问的经验。刚接触时他问：“凭什么搜查我？”显然他有可能接受过搜查。因此我决定，不能轻易放走他。按当时的法律法规，来历不明、身份不清可收容审查。于是，我填手续报请局里对其收容审查。他不干了，问："为什么收容我？我犯了什么罪？"我对他说："你有罪没罪审查后再说。"临进收容所前，我先和李科长联系，问他被盗三家都丢了什么？回答一家丢了一条金项链，一家丢了一枚金戒指，一家被翻得很乱，未找到值钱的东西。我说："那好，现在那人身上就有一枚金戒指，请你带失主来辨认。"很快，李科长带失主来辨认，不过不是失主家丢失的那枚。

我们把自称叫崔家俊的人当天收审。我还特意嘱咐了收审所长要安排可靠些的人和他一个房间，加强监视，防止他逃跑。所长问："有大问题吗？"我回答说："无事则已，有就是大的。"

第二天我们和黑龙江省厅联系，回答克山县归齐齐哈尔地区嫩江分局管，电话又打到嫩江分局，嫩江分局说克山农场也有公安分局，后来电话到底打通了。农场分局介绍说："农场确有崔家俊其人，二十四岁，身高一米六多，有前科。1978年，他的腿被打坏了，腿拐，有盗窃罪行。何时外出不掌握，现在不在农场。"

问题复杂了，确有其人，而且常年在外，个头也差不多，年龄大体相仿。但还有疑点，口音不对，再说这个自称崔家俊的人腿也不瘸。

我们在收容所提审崔家俊："我们和你说的克山农场联系过了，崔家俊腿拐，你怎么不拐？你怎么不是东北口音？"他平静地回答："好几年了，我腿早好了，早就不拐了。至于你们说的口音，我们农场有很多北京知青，长期在一块，口音混了。再说我这几年都在北京这块，觉得东北话土，人家一听就是外地人，有事不方便，所以我早已经改当地口音了。这有什么奇怪的?”一听还真是合情合理，说得有根有据。他见我们沉吟不语，趁热打铁道：“我真的没问题，来你们这儿，就是打算找个临时工干，那天就是渴了找水喝，真的没事，放我回家吧。不行，我不在这儿了，回农场去。”看来，他是急于想脱身了。

我说：“既然你是崔家俊，还有什么可怕的，弄清了我们就放你走，不过你别着急。”当下我给局里技术室打电话叫来了技术员李晓友，给他照了半身像、整身像，又取了他十指指纹和掌纹。在这期间，虽然是一闪而过，但我分明见到了他眼神里露出一丝慌乱，但一闪而过后又恢复了常态，镇静如常。我又反复打量他，虽然他长得年轻、精神，但总不像只有二十四岁的，应该再大上三四岁才像他的实际年龄。

我对他说：“先押你回收审所，我们很快拿照片到你们农场去调查，那时你的身份就清楚了，希望你把问题尽快交代清楚，争取从宽处理。等我们从克山回来，问题就清楚了。”他沉默不语。

第二天刚上班，收容所所长就给我打电话：“李所长，有门儿，你送来的那小子昨晚就要找你交代问题。我对他说明天再谈，免得半夜打扰你们。快来吧，这小子要交代。”接电话后我们立即赶到收容所。虽只隔一夜，他与昨天却判若两人，精神头差了，好像一夜之间老了好多。

我说：“既然你要交代问题，那就彻底谈清楚吧!”他说：

“我的确是崔家俊，克山农场的。我有罪，在医院我一共偷了三户，一户一枚金戒指，一户一条金项链，还有一户没有翻到东西。”

我问：“东西在哪儿?”他答：“在一个狱友那里，过去我们在北京的一个拘留所一起待过。”我又问：“身上这枚戒指是从哪儿来的?”他答：“前几天从城西农业大学偷的。”怪不得“四医院”失主辨认不是自家丢失的东西。原来这狡猾的家伙把四医院偷的赃物存在狱友那儿，带着的是别处偷的不易被发现的赃物，说不定再晚一些他就把这些脏物也转移了。问他狱友在哪儿?他答：“林屯乡一个村。”我们按他的交代到了林屯乡，这里有三个他的狱友。为他窝赃的是一个姓陈的狱友，就是这个陈某用自行车带着他到农大作的案。问陈某情况，他也说他叫崔家俊，过去他们在北京因盗窃被拘留时认识的。

事实搞清楚了，陈某也被归案处理。事情到这儿似乎有了结果，正像这个崔家俊所说的：“我认罪了，交代清楚了，判刑、劳教你们看着办吧!”

事情真的到此可以结束了吗?这个人刚被抓住时坚不吐实，即便联系上了克山农场也镇静自若。直至照相后我们称要去克山调查他才急忙交代罪行，并招出了同伙。看来这是一个深通量刑幅度的人，而且急于结案。的确，就这两枚金戒指，一条金项链和从农大偷来的部分钱款。按法定的案值标准也够判他几年刑的。当时有的同志也说，结案，报预审股起诉吧。

但我不同意。我想，口音不对，崔家俊是真的假的还有疑问。他虽然被迫交代了罪行，但他常年在外流窜不可能只有这几件罪行，目前他要求判刑，只是急于脱身，可能还有重大罪行没有交代。我们不应因小胜而知足，还应去克山查清其真面目。最后大家同意了，我请示徐局长，决定派人。

谁知第二天一上班又接到了李科长的电话："李所长，我们这病房走廊里有一辆自行车，警卫说搁了十多天了也没有人动，问病房和陪护人员都说不是自己的。"我问："哪的车牌?""天津的。"这就怪了，四院经常发生自行车失窃，这辆车搁十多天没人动，难道是因为天津车牌不好销赃? 忽然，我的脑子里电光石火般一闪。我叫小许、小姚拿出卷宗中没收的崔家俊的车钥匙，骑自行车到了四院。见了老李，顾不上问别的，我先问："车在哪儿?"老李向走廊里的一辆车一指，我马上拿过小许手中的车钥匙向车锁一捅一拧，咔嚓一声，车锁开了。我不禁心花怒放。小许、小姚也大叫了起来："是那小子的。"老李见我们那么高兴也很惊奇："哪个小子的?"我说："就是在你院偷戒指、项链那小子的，好狡猾的家伙，果然是惯犯!"老李也很高兴："他肯定还有事，不能轻饶了他。"

我们一行三人，推着这辆车赶回了派出所，到所里仔细看这辆车，确实是天津车牌。当时私人物品自行车就算大件，所以车后挡泥板上有车牌。联系天津市公安局，查找车牌主人。天津方面很快回了电话，车是天津下属宁河县芦台镇的。我们又和天津宁河县公安局联系，电话通了。谁知我们一报车牌号码，对方非常激动，说："请你们等一等，我们黄副局长来接电话。"等了一会儿，黄副局长来了，他在电话里对我说："所长，这个车属于一名受害人，她是一名女教师。你们抓住的这个人不是什么崔家俊，他是我们清河农场茶淀分场的，是清河农场七分场的越狱潜逃杀人犯，他叫吕民卓。他越狱后又连杀两人，请你们把他看管严，最好转到看守所，以免发生意外。我们这里早在二十天前就在天津各县和唐山所属县发了通缉令，正在缉拿他，希望你们严加看管。我们会连夜出发的。”

真相大白，吕民卓越狱潜逃，连杀两人，潜来涿县已近二十天仍在作案。

当天下午，我和所里张跃、许新国两人将假冒的崔家俊转到看守所。看守所在东城门向北的北城根后面，我们三人押解着他从东城门顺着城墙根向北走，到看守所有百十米的距离。西侧是城墙，东侧是呈斜面的陡坡，坡下是平地，是东关村的玉米地。当时青纱帐已经很高、很密，罪犯突然有意无意地加快了脚步，很快便和我们拉开了五六步的距离。我一看心想，这小子是不是想借机滚下坡，跳入青纱帐逃走。这个地形最容易滚下坡后潜入青纱帐，只要进去了，转眼之间十几米外，人便会不见踪影。想到这儿我向张跃、小许一使眼色，示意二人注意使用武器，他们默默点头表示会意。我悄悄地打开了“五四”式枪套扣，心想你小子还想故伎重演，再次逃跑？我们这三支枪肯定能把你打成筛子眼。谁知他就像认识路似的，一直走到北头进了看守所大门。进门后我奇怪地问他：“你小子不是又想跑吗，怎么又像认识道似的乖乖地自己进了罗网？”他回答说：“开始我一看这儿的地形很有利是想跑，这也是最后一次机会了。可等我加快了脚步想和你们拉开点儿距离时，我见你们不但不着急，脚步还放慢了，我就看出你们有了准备。我一跑你们肯定开枪，那我完得还快点儿。”嘿！这小子还真是狡猾透顶，居然被他看破了。我说：“你跑，死得更快。我们一开枪还省了些法律手续，省了公审大会，省得押赴刑场了。你不跑还能多活几天。”他却说：“碰上你这么个和我较劲儿的，算我这辈子倒霉，左右算栽在你手里了，既然跑不成，多活一天算一天。”真是个无赖泼皮的恶魔嘴脸。后来看守所崔梦忠所长告诉我，这小子当天晚上在监号里骂了我半宿，说碰上我倒了八辈子霉，说我硬是和他过不去，说是死在我手里了。

第二天夜里九点左右，天津清河农场七分场的刘喜顺、于振生两位领导带领几名民警赶到了我们派出所。吕民卓立马精神崩溃了：“刘领导、于领导，回去后我一定好好接受改造。”民警马上给他换了手铐，并拿出带来的脚镣，在派出所办公室当场给他砸上了脚镣，并对他说：“好好改造？你连杀两人，回去等着枪毙吧！”

刘、于二位简单向我们介绍了案情：“吕民卓越狱潜逃后先杀死一名路遇的男人，剥下其衣服，换下了自己的囚服。又遇一女教师，杀死后劫走了她的自行车，即现在的这辆自行车。我们动用大批民警在天津唐山附近市县缉拿他近二十天了，没想到他跑到这里来了。太谢谢你们了！来时政委嘱咐，接了人马上回去，路上不许休息。一路上吃喝拉撒叫吕犯都在车上，不能停车，连夜赶回。”说着他们给吕民卓捆上了两个裤管。我问起吕民卓为什么说是克山县的崔家俊，刘、于二人说："吕犯是北京市宣武区人，因盗窃罪1979年宣武区法院叛其十年徒刑并解来茶淀农场服刑。他过去是黑龙江克山农场的北京下乡知青，认识农场的当地人崔家俊。他们曾有联系，所以冒他的名。"我问："吕到底多大了?""二十九岁。"果然，他并非二十四岁，而且是地道的北京人，因此才改不了那一口纯正的北京话。刘、于又介绍他的几个狱友都是在宣武区判的刑，在茶淀服刑。一听，我这才明白，原来林屯乡的狱友陈某还替他隐瞒了实情。

看来吕民卓叫狱友陈某帮他藏匿赃物并到农大共同作案时，他们肯定事先就统一好了口径，订好了攻守同盟。不然，我们去林屯乡抓陈某归案时他不会说狱友就叫崔家俊，而且是在北京因盗窃被拘留时认识的，并未交代出他们林屯乡三个狱友不止在北京宣武区被拘留过，而且还在茶淀农场一起服过刑。

看来我太大意了，未能及早从陈某的嘴里得出实情。我被表面现象蒙蔽了。

事情是这样的，当初崔家俊也就是吕民卓，为了急于脱身，交代出盗窃的四医院的赃物藏在林屯乡林屯村的一个狱友处。我马上带领许新国、姚玉萍等人骑自行车匆匆赶到二十多里以外的林屯来抓陈某。可当时陈某不在家，其妻说他去良乡了，快回来了。我们和村支书商量，封锁消息，先叫治保主任控制好陈的家人，以防消息外漏。又派人到村北口进村的必经之路守候，以免村中有人给陈某报信。我和所里的几个人与其他村干部一起在陈某家守株待兔。天近傍晚，陈某回来了，拉着一辆小拉车，车上装着用粗绳绑好的四个一米多高一米多粗的腌咸菜的大瓦缸。良乡县出产这种缸瓦料坛罐。这个陈某起早拉车赶到良乡，买好后装车拉回来，擦黑才到家，来回就一百七八十里。陈个子不高，人很瘦，二十多岁。他已是浑身湿透，汗水湿得头发都打了绺。我再回头望了一下，见他媳妇满面愁容，有个小孩儿也就三四岁，不禁生了恻隐之心。我当时叫陈某的媳妇马上为他烙白面饼、摊鸡蛋，给他做顿好吃的。累了一天了，吃饱了再赶路。我对陈某说："看你这样也是能吃苦的人，为什么要给狱友窝赃？还一起作案？你看看，你刚从劳改队出来，这样做对得起你媳妇和孩子吗？"陈某说："我怕吕卓民，不敢不给他办，他把我害苦了。"当时我看这陈某来回这一趟也算能吃苦耐劳的人，又面似憨厚，所以回来审问时，他说狱友叫崔家俊，我就轻信了他。看来这个貌似憨厚的人竟然早和吕民卓订了攻守同盟，向我们隐瞒了实情。由于我们对吕民卓的口音始终有疑问，于是坚持要到克山农场去调查。尽管崔某盗窃两枚金戒指、一条金项链和农大财物已构成犯罪，陈某构成共犯和窝赃、包庇罪，但我们没有轻易送预审股结案，而是坚持继续查下去，所以才没走更多弯路。陈某有前科，此次又共同作案并窝赃包庇，实属惯犯性质，而我却轻信了他说狱友叫崔家俊的鬼话。此事给我留下了终生的教训，就是对有犯罪前科且又重新犯罪的惯犯，不能因任何原因而存有恻隐之心，那样会犯"农夫和蛇"的错误。

天津清河农场刘、于等一行人启程了。此时已接近午夜12点了，刘、于等同志向我们一再致谢："任务急，案情重大，过后再谢兄弟单位协助我们抓获罪犯。”我们说：“应该的，全国民警是一家，分什么彼此。”

吕卓民一案，案中有案，小案带出杀人大案，都因有小胜而不喜，抓住疑点决不放松，才使案情水落石出。最终，为两个屈死的冤魂申冤，伸张了正义。

反动会道门案

会道门亦被称作道会门。对于今天的青年朋友们来说，它是个生疏的字眼，而会道门复辟活动更是一个陌生的话题。因此，在讲高树勤等大道首搞会道门复辟的案件之前，有必要交代一下会道门组织在我国的历史沿革和在涿州的组织概况。

会道门活动在我国年深日久。太远的不讲，只明、清两代就很活跃。当时，民间的会道门活动有的对反抗朝廷的剥削、压迫起过一定的积极作用。如西南数省的白莲教起义，沉重地打击了清朝的腐败统治。但会道门毕竟是封建社会的产物，其以“鬼神论”、“躲灾避难”等邪说蒙蔽、恫吓和欺骗群众，按照封建家长制的形式控制道众。这些组织往往被居心叵测的道首所把持，与官府相勾结，成为反动统治阶级压迫、奴役人民的工具。

到了民国以后，会道门彻底走向了反动，为民国政府所收买利用，成为反对共产党、毒害人民的工具。日伪统治时期，会道门在日伪政权的利用下更是猖獗。他们配合日伪以所谓躲劫避难为名，欺骗群众，敲诈钱财，诱奸入道妇女，搜集八路军、新四军的情报，可以说是为虎作伥，无恶不作。

新中国成立初期，鉴于我政权刚刚建立，会道门又针对我党新生政权造谣惑众，扬言共产党长不了，蒋介石将很快打回来，并大搞扶乩请圣、烧香磕头、请神下凡等道门活动，以所谓的“祛邪”、“驱鬼”、“治病”、“劝善”为幌子，制造谣言，欺骗群众，诈人钱财，诱奸妇女，扰乱民心，制造混乱，妄图颠覆我党政权。他们还扬言要改朝换代，立朝廷称王称帝。这些会道门以经营百年的“一贯道”、“圣贤道”、“大佛教”、“九宫道”等为首，一时活动猖獗，甚嚣尘上。为此，在新中国成立初期，于1951年配合镇压反革命运动，我们对反动会道门也进行了取缔。对有罪行的大道首进行了镇压，对中小道首进行了管制，对一般受骗道徒进行了登记教育。受此打击，会道门活动一时归于沉寂。到了1960年，一些受过打击的道首又在我国三年自然灾害时期跳出来大造谣言，说什么劫数将到，在劫难逃，蒋介石将打回大陆，清算共产党。他们以此欺骗群众，一时间有不少地方出现了会道门复辟的活动，但都被及时惩处了。在1964年的“四清”运动及随后的“文化大革命”运动期间，会道门和其他反动组织一样受到了巨大的冲击，失去了活动市场。

就涿州而言，截至20世纪50年代初期，据统计会道门的种类共有38种，当时全县有412个行政村，32万人口，涉及会道门活动的共有378个村，还有城内四条居民街和五条农业街。全县仅34个村无会道门组织，全县在道民众一万零五百零八户，道徒17759人，大道首399人，中小道首2364人，普通道徒 14996 人。

新中国成立后处决罪大恶极的道徒 68 人，管制 176 人，有 60 人被押或判刑。

可以说，从 1964 年到 70 年代末是会道门的休眠期。但 1980 年以后，大中道首纷纷在 1979 年都被摘除了反革命分子的帽子并解除了管制，判刑被押的也大多出了狱。这时，社会上已是分田到户，日子单过。所以，在一些地区反动道首又旧技发痒。他们认为终于没人管了，时机又到了，于是旧病复发，又开始互相联络，刮起了一股复辟的黑风。

北京市房山县长沟镇有一个北良各庄村，而邻村冯村则属河北省涿州市百尺竿乡管辖。北良各庄村原“正字慈善会”的道门头子高树勤，自 1979 年被摘除了反革命帽子后便按捺不住了。他以为“共产党管得松了”，又是到了该活动的时候了。

高树勤，男，贫农出身，1917 年 3 月 11 日生，小学二年级文化，曾任过一段生产队长，早年随家庭一起入“正字慈善会”。1958 年因从事会道门复辟活动被戴上了反革命分子的帽子，曾多次因道门活动受打击并判过刑。1963 年，该村“正字慈善会”大道首伊守仁临死前将道首职务传给了高树勤。伊守仁在押时曾在自述材料（1958 年 8 月 18 日）中交代：“正字慈善会”是由阴阳道化来的。阴阳道是在北京德胜门小街子门牌 5 号住的毕小仙传给他的。道会活动方法就是以看阴阳宅为名去收徒弟。道会里每月初八、十五、二十三祭天。用火点酒一盅，烧黄钱，磕头，手向西北一指。供的是“五福神”。伊守仁对高树勤交代：“我死之后你接替我。我想反共产党，没反成，我算白来一世。共产党的组织太严密，你们以后办事要有计划，有目的，有准备，不能蛮干。”话一说完，伊守仁后槽牙一咬，双腿一蹬，咽了气。自此高树勤将他师父的话牢记在心，无时无刻不想着推翻共产党，好实现他师父交代的“变天”梦想。这样盼来盼去，盼到了 1980 年。他认为政治环境宽松了，是时候大展身手了。于是，他先联络离本村几里路远的属涿州管辖的下胡良乡尚庄村的毕玉梁。他于 1960 年因从事道门活动被捕，被判刑三年。高树勤叫毕把涿州市原“正字慈善会”的人都串联起来，并说伊师父托梦来说该恢复活动了。他还特别嘱咐要联络到涿州高官庄乡北高官庄村的朱堂音，要朱再去联络涿州南乡的人。这里需要提一笔的是，高树勤为什么特别嘱咐毕玉梁要联络到朱堂音呢？朱堂音到底是何许人也？朱堂音是 1917 年生人，1948 年曾任过伪保长，其连襟是冀中有名的铁杆大汉奸王凤岗之弟。王凤岗曾任涿（县）固（安）新（城）、雄县、定兴、安新、容城等七县防共司令，残杀过不少抗日军民。其弟王凤武，也就是朱堂音这个连襟，依仗其兄之势任伪军大队长，横行霸道，抢男霸女，无恶不作。王氏兄弟二人是东双铺头村人。该村虽属新城县却与涿县的北高官庄是相邻。王凤武见朱是个官迷，就叫朱跟他当伪军，说起码给他个小队长、中队长做。可朱堂音怕当伪军会和八路军打仗被打死，他觉得自己还是在会道门的风险比较小。他长得赤红脸、大高个，于是就干脆留了一段时间的长须，按现在的话他颇为自恋，总认为自己是关公转世，将来会做大官，大富贵在等着他。1961 年，人们都为吃穿发愁，他却口出狂言，说在内蒙古他有关系可以买到马，还能从内蒙古买回粮食和牛羊肉让社员度荒。大队干部轻信了他的谎言，千方百计筹措了几千元叫他去了内蒙古。谁想到这个在旧社会吃、喝、嫖、赌的花花公子骗了大队的救命钱。他到内蒙古后游逛了一年多，钱花完了，只拉回了一匹露出肋巴骨的瘦马，粮食和牛羊肉一斤一两皆无。大队干部愤怒极了，将其房屋折旧顶了欠款，要其继续分期退款，并报公安机关批准对其依法管制二年。这是他在 1961 年做的一件荒唐事。这个财主羔子因为连襟是王凤岗之弟，在新中国成立前他家极有势力。他家原为大地主，有几百亩土地。涿州城里大街上有买卖铺子，在观音堂胡同和宝带街还有数处房产和临街铺面。可以说土地收租、买卖经营、房屋出租都赚钱，收入颇丰。他家在北高官庄村是首屈一指的大富户，是资本家兼地主，不同于农村靠地租致富的土财主。可是因为其年轻时便想着坐拥天下，在朝为大官，所以他卖宅基，去土地，好一阵儿折腾，用大把的钱去赞助会道门。结果家产被其倒腾了一空。城内产业卖了，乡下土地也卖了不少，如不是家人拦阻，家产会被他败光。瘦死的骆驼比马大，即便如此，新中国成立后他家还是被划了个富农。尽管解放了，他还是想着“变天”。从他十七八岁时开始，日伪、国民党统治时他就想着做大官。新中国成立后的历次运动中，由于镇反、取缔会道门，他都没少受冲击。一直到 1979 年，他才摘了“帽子”。这时候他本应该安分一些了，可是他鬼迷心窍，仍不知反悔，还想着做大将军。可以说他是一辈子痴迷会道门，恐怕是直到进了棺材也难以悔改了。他家住在涿州市最南端与新城县交界的高官庄村。为了搞道门活动，六十岁的年纪，他骑自行车从家到三十多里外的涿州城，再从城里向北骑四十里到涿州与房山县交界的房山长沟镇，与修车铺联络点内的道徒联系后，当天再往家返。往返一百四五十里的路程，他要不是着了魔，哪来的这么大精神头！

“阴阳道”也好，“军师道”也罢，都是由“正字慈善会”演变而来的，更改道名只是为了逃避打击。正像他们自己所说的“万道归一”，万变不离其宗。他们想要推翻共产党，改朝换代的目的始终没变。

就这样，他们以长沟镇集市上的修车铺为联络点，由修车人——涿州兰营村吕某负责联络。各路人马都去联络点领取高树勤的指示，即所谓的经文。联络点将高的指示向四外传送，辐射房山涿州两地。重大内容则由毕玉梁向中小道首亲自串联传达，以图安全。

他们活动的范围达几十个村，除河北涿州、北京房山以外，通过亲友关系还发展到了周边的一些村镇。道会很快便发展到近百人。他们扬言世道要变，并声称要做好迎接事变的准备。

很快，他们在涿州、房山两地的活动被我公安部门所察觉。我们将情况通报给了北京市房山县公安局。房山县的陈副局长，带领一干民警多次来涿州与我局的负责民警一起研究案情，商量如何打掉这个犯罪团伙。1981 年底，房山县拘留了高树勤。我们也逮捕了毕玉梁，将其判刑三年。我们还拘留了朱堂音，并对其他一般道徒进行了批评教育。一场复辟活动最终被粉碎了。毕玉梁后于 1984 年被释放出狱。1985 年我们利用内线侦查，发现高、毕二人又在勾结预谋“变天”活动。

一开始，我们以为他们只是原有的人员在活动。随着侦查活动的深入，我们发现，他们除了联络原有的小道首、道徒，竟然将触角伸向了我们党内，将几个是党员的复员军人也拉入道会门内，还拉拢了一些农村基层干部。一些村支部书记、支部委员及民兵连长也被他们拉入了道门内，少数乡镇企业的党员干部也被拉入道内。

随着调查、侦查的深入，我们越来越感到事态的严重性。他们发展组织成员的速度不但迅速，而且将触角深入到了我党的基层组织。经核实，竟然有一些老党员也丧失了信仰，鬼迷心窍地加入了他们的会道门组织。

这真是触目惊心。对此，我们及时向保定公安处的领导作了汇报。处领导非常重视，指示我们加大工作力度，务求全面搞清该会道门的活动，做到适时一网打尽。

遵照地区公安处的指示，我率领政保股的同志们组成了一支强有力的破案小组。

经研究决定，除利用好内线力量外，我们还加强了耳目力量和积极分子的作用。同时，我们还采取拉出来打进去的方法，积极大胆地发展新耳目。

为侦破“正字慈善会”道门复辟案，我们经历了一个又一个不眠之夜，调查、访问、秘密接触普通受骗道徒。对重点人物进行蹲坑守候，以监视他们夜间的串联和在秘密场所的聚会。为了获取孙庄乡书记沈茂通在他家与道门头子高、毕接头的证据，我们的民警在百尺竿乡沈茂通家附近的稻田渠埂边，连续潜伏了几个夜晚。百尺竿乡为稻田区，沈家又靠近村边，便于监控。那真是“秋田夜伏”。“明月西沉夜更寒，远村近落正酣眠，唯我满身披朝露，‘蹲坑’又过五更天”，便是对这一次潜伏的真实写照。潜伏中，人必须少动，因动静一大，稻田内便会蛙鸣一片，引起嫌疑人的警觉。但长时间不动，稻田里的蚊子咬得又凶。时为深秋，上半夜热，下半夜寒，因是水乡，寒气更甚。这样寒热不均，连续几个夜晚，民警们吃尽了苦头。好在我们终于抓住了沈茂通和道门头子高、毕二人多次秘密接头联系并在沈家聚会的证据，又获取了沈多次到毕、高家去串联接头的证据及谈话内容。再加上内线在其内部活动中获取的扶乩请神、磕头、烧香、点酒等道门仪式的证据以及旗帜印信等的存放情况。基本掌握了这一会道门的组织状况、道门仪式活动程序、道徒的成员组成。

在对道徒内部人员拉出来打进去的过程中，多数取得了成功，但也有失败的。百尺竿乡一道徒董某，在新中国成立前参加了解放军，新中国成立后已升为营职参谋，后因乱搞男女关系被判处流氓罪，刑满遣送回乡。此人被拉出来经教育后打入内部，为我们提供了一些真实情况。但此人好酒，酒后失言，说公安局找过他。高、毕等人一追问，他说出了实情，暴露了身份。我们预先掌握了他这个弱点，所以布置给他的都是一般任务，所以损失不大。他假心向我，真心向敌，向道门头子几次密报，被我们安排的其他内线发现。我们将计就计，给了他假情报，让其迷惑道首高、毕二人。高、毕二人果然上当，对其信任有加，要其联络人发展组织。结果这些情况都通过内线返回我处，使我方对敌情始终掌握主动权。

从 1985 年初直至 1986 年五月，经过一年多的工作，通过内线侦查、外调，秘密传讯，案子脉络基本清楚了。

1984 年，毕玉梁刑满释放后，即与大道首高树勤取得了联系。高已年过六旬，不便活动，于是便叫毕代他联络道徒。他对毕讲，光找原先的老人不行，这些人有的都走不动了，引人注目，容易暴露。要他发展新人，还要从共产党内部挖人。他说这样不容易暴露，将来才能成事。于是毕积极活动，见有可利用的便向高引见。两年的时光，他们竟然像滚雪球一样，越滚越大，人员越聚越多。共涉及两市一县的二百九十九人，其中最大的七十三岁，最小的十七岁，老道徒四十五人，新道徒二百五十四人。发展的速度还是很快的。唯一例外的是老道徒吕某某在子女管束下停止了活动。东城坊乡老道徒魏某家里遭遇一系列事变，其女儿被人杀死了。他见入会道门也没使自己家消灾避难，躲过凶杀之劫，便信念动摇了。这些新道徒中有些人还是党员。沈茂通，五十一岁，任公社书记，1952 年参加工作，1956 年入党。其弟沈茂刚，三十八岁，1965 年入党，任村副支书兼民兵连长。张仁云，六十岁，1955 年入党，任过房山县某村支部书记。赵景，三十八岁，复员军人，1969 年入伍，1971 年入党，下胡良乡某村支书。城关某社办厂厂长张义云，1955 年入党。下胡良乡社办厂干部马某，1972 年入党。

1986 年初春一个昏黑的夜晚，在高树勤居住的阴暗潮湿的三间破土房内，大家如敬神明一般，聚集在这个老光棍的周围，听他交代盼望已久的大喜事。这些人有沈茂通、沈茂刚、张仁云、朱堂音、赵景、李钦、崔玉虎，还有高树勤的师父伊守仁的儿子，以及沈茂通的妹子和闺女。高树勤说，天时已到，要改朝换代，杀光共产党，换上过去挨过共产党整的人掌权。有仇报仇，有冤报冤。之后，他们建都在北京，那有现成的金銮殿和王爷府。先由高树勤做皇帝，三年之后再让位给毕玉梁做皇帝，他本人再改做护国军师。沈茂通做丞相。东仙坡李钦是吕洞宾下凡，可为穿朝大臣。朱堂音是关公下凡，可为天下兵马大元帅。高树勤的师侄伊龙为领兵大将，为平东侯。赵景是张飞下转，为大将军。下胡良某村崔玉虎为工部尚书，负责造王爷府、诸侯府。沈茂通的小妹和女儿为东、西宫娘娘。就这样，高树勤说着梦话，设计着梦想中虚幻的空中楼阁。可这些鬼迷心窍的痴男信女却信以为真。

众道徒大喜，分男女两拨向高树勤叩头谢恩，仿佛高树勤这三间破土房就是金銮殿，从此便可以坐拥天下了，真是滑稽至极。道首沈茂通的家里有父母、妻子和一个二十九岁的老妹子，自己的闺女已三十岁，儿子十八岁。沈茂通的妹子和闺女本来从不到二十岁起就有人给提对象、找婆家，可沈本人及其妹子和闺女从来都是婉言谢绝，为的就是等着能有一天当娘娘，好坐拥东西宫。姑姑和侄女二人隔三差五地往高树勤、毕玉梁家里跑，给高树勤这个无儿无女的老光棍拆洗被褥。这一等就是十多年，都从十八九岁的黄花大闺女等成了老姑娘，还在耐心地等着。如果说以前是听从了参加了道门的父亲和爷爷的主意（沈茂通的父亲早年就在道），现在则是她们自己也已沉迷其中。因为沈茂通在外工作过多年，见多识广，不仅是党员，还是公社书记。所以他的家人觉得连他都信了，这码事还错得了吗？沈茂通的儿子已经十八岁了，也不小了，可是沈茂通却叫他停了学，并说上学没有用。沈茂通对儿子说：“天时一到，什么都有了。”

就这样，沈茂通不仅毁了妹子与女儿的青春，而且耽误了儿子的学业，深陷于泥潭而不能自拔。

沈家的日子也不算宽裕，三间北房老父母住外屋，他与妻子住里间屋。另外还有两间西配房，妹子和闺女住。儿子已经十八岁了，不能和小姑姑以及姐姐住在一起，可是因家里已无房可住，只好到别人家去借宿。要说沈茂通家在稻田区，比平原区上坡地产麦区的农户富裕多了，再盖上几间房，也好给儿子将来娶媳妇用，应该是能够办到的。一般社员家也盖房，何况他家有两个女劳力、一个男劳力。他自己参加工作早，还有工资。1978 年沈茂通就当上了刁沃乡副书记，1980 年任林屯乡副书记，后来又当上了孙庄乡书记。他完全可以从物资局买到比市面上便宜很多的木料。再说他管辖的公社境内有房涞涿三县的大灌渠，渠两边都是绿化带，护渠坡上有很多榆树和槐树。要是沈茂通凭着公社书记的身份和管理灌渠的领导说说，他完全可以将每年自然淘汰砍伐下来的木材作为建房材料。这样的木材更便宜，建房造价会更低。再者，他在几个公社任过职。名公社都有砖厂，他可以买便宜些的砖瓦。盖房的建材主要是砖和木料这两大项。只要材料便宜，莫说盖三间房，五间房他也能盖起来。再说这样的事他也没少给别人批条子。可他自己就是不盖，就是叫妹子、闺女挤在西屋，儿子去借宿。那时的干部若要谋私无非是利用特权买些便宜的砖和木材用来盖房，可这个特权沈茂通从没有用过。不知情的人还以为沈茂通因为忙于工作而不顾家。有的群众甚至认为沈茂通为官清廉，一不为自己家里盖房谋特权，二不为自己的妹子和儿女走后门安排工作或者推荐去念大中专学校。因为如果他想办的话，是有这个能力和条件的。从哪方面看好像沈茂通这样的干部都很稀少。但善良的人们谁能想到，在这清廉、不谋私、不搞特权的背后，沈茂通不是不要便宜，而是他有更大的野心。他看不起这些小便宜，他更不会让妹子、闺女、儿子去当工人，因为他觉得念个大中专毕业后也就是找个普通工作而已。他是要妹子、闺女当娘娘，自己做了宰相，儿子便是衙内，当个工人算什么？将来在北京住的是丞相府，现在还盖这庄稼院干什么啊！沈茂通等啊等，等来的却是开除党籍，撤职，判刑。

时机成熟了，该收网了。于是涿州、房山两地公安机关一起行动，对“正字慈善会”的大道首高树勤、毕玉梁、沈茂通等同一时间逮捕。

逮捕沈茂通后，徐焕义、李信和我对沈茂通进行了审问。沈茂通当时五十一二岁的年纪，矮胖、粗壮、臃肿的身材。面色漆黑，眼下已有了下垂着的眼袋，因此面相显得更为苍老。因为他在几个乡都任过职，彼此都熟悉，所以审问的气氛不怎么紧张。徐股长和他是一个公社的，算是老乡，由他来主审。徐问他：“前几年你在刁沃乡当副书记时主管政法，我们破获了沿鲁村牛明、王志本一伙的‘九宫道’复辟案，在群众大会上你还讲话批判了反动会道门，怎么后来你竟然也入了这个?”沈茂通无言以对，半天才长叹一声：“唉！当年我爹信这个，我母亲病了，我向高树勤求了几次药，病好了，我就着了魔，也信了。别说了，后悔死了，这回全完了。”也不知他说的全完了，是自己完了，家庭完了，还是当丞相的梦想完了。

我们要他交代犯罪事实，他很痛快，把组织成员、变天思想、坐等天时等全交代得很清楚。他知道，事到如今，抗拒已无意义。

1986年5月5日上午，我代表涿州市公安局向省公安厅的翟处长汇报了此案。听完汇报后，省厅翟处长指示道："涿州市局这次办的这一起会道门复辟案是个大案，是改革开放以来少见的大案。特别是涉及这么多党员干部的案子在全省范围内都非常罕见。关于此案，我们回去要向厅长和省委汇报，形成典型材料后向公安部报送。"翟处长还指示我们："现在还缺房山县的高树勤的口供，希望你们到房山县将高的口供材料取来，另外再把材料系统一下，范围、成员、骨干、主要犯罪事实等搞清楚，争取和房山县局做到同案同结。"

我们根据省厅翟处长的指示，来到了房山县公安局，联系取回高树勤的口供材料。因为此案的大部分成员都是在涿州境内，唯独高树勤这个"道首"居住在与涿州相邻的北良各庄村，属房山县管辖。

到了房山县公安局后，我们说明来意。工作人员面有难色，说："高树勤已经押了有一个月了。他今年七十岁了，身体又不是很好。他倚老卖老，死活不开口，我们也没办法。所以至今没有口供材料。"我们一听，也觉得他已经七十岁了，要是耍赖还真是不好办。

这么大的案子，没有口供是无法结案的呀！于是，我们提出要提审高树勤。房山县公安局的同志同意了。

我们在一个办公室和高树勤见了面。

我们多次"蹲坑"潜伏监视高树勤的活动，那都是在黑夜，所以没见过他的真面目。高树勤一进屋，命他坐下后，我们这才仔细打量这个道首。他是个大个子，大方脸，薄嘴唇，高颧骨，直鼻梁，面目显得很苍老。进办公室坐下后，他不时从兜里掏出脏手绢来擦眼。我不禁在想，就这么个小学二年级文化的老光棍除拉拢欺骗道众外，竟然妖言惑众，诱骗了十五名党员干部，不知他是施展了什么妖术邪法。

审问开始了，我问他："高树勤，一个月来你为什么不交代你的罪行啊?"高树勤见审讯换了人，除徐焕义、李信四十岁上下外，我明显年轻。看着他疑惑的眼神，徐股长从旁点醒他说："这是李局长在问你话，说吧!"但没说明我是哪里来的李局长。

高树勤眨了眨眼说："让我回答什么? 我都七十了，又没犯罪，把我抓来，让我交代什么?"他果然是在倚老卖老，摆肉头阵。我说："别装糊涂了，你封的娘娘、丞相、大将军、各路诸侯都已坦白了，你还装什么糊涂? 交代你'正字慈善会'的反动变天活动，会道门的一系列组织和活动。"

高树勤答："我们不是在搞变天活动。我们'正字慈善会'也不是道门。我们是佛教徒，现在不是宗教信仰自由了吗?"看来，他还知道我党的宗教政策。

我问他："你凭什么说自己信的是佛教? 那你信的佛教为哪派?"他回答说："我们信三世佛。""哪三世佛?"他说："如来佛、药师佛、弥陀佛。"我说："那我问你信多久了? 你说一下佛的来历、本生。"他说："信几十年了。佛有亿万年了，管天上地下。"我说："别耍贫嘴，既然你说信佛，总该知道佛是如何修道、如何成佛的?”他沉默了半天，回答不上来，只是喃喃自语道：“佛有亿万年了。”我说：“你自称信佛，且有百多名弟子，却连佛的本生都不知道，可见你不是佛教徒。我来告诉你佛的本生。你听好了。佛俗姓乔答摩，名悉达多，出生在古天竺国，就是现在的印度当时管辖的尼泊尔境内，迦毗罗王国，是迦毗罗王国净饭王的王太子，居住在释迦族。他二十九岁厌倦了豪华奢侈的宫廷生活和人间的生、老、病、死等各种苦恼，于是离家出走，出家修行。四十五年中，他走遍了当时印度各地进行传教。直至八十多岁时去世，死于菩提树下，是卧姿。去世，称圆寂，后世称为涅槃，所以后来有卧佛偶像。乔达摩·悉达多去世后，信徒们尊称他为‘释迦牟尼’意思是释迦族的隐修者，也称‘释迦牟尼尊者’。他的弟子和后人尊称他为佛，按照出生的时间，他比我国的孔子早十二年左右，这就是后来人们所称的如来佛。”我见高树勤静静地听着，面露疑惑之色。看来，对他来讲，这可能是闻所未闻，如听天书吧！以他那点儿文化功底可能觉得是海外奇谈了吧?他坐不住了，嘴张了几张，又没说话。讲完后，我对高树勤说：“你是百多号人的师父，自称信了几十年佛，你连佛的来历都说不清，你算什么佛教徒?”高树勤语塞了，在座椅上来回扭动，一副想说话又说不出来的样子。看来他是理屈词穷，无力为自己辩解了。我又问他，佛教教派林立，有大乘派、小乘派、禅宗派、律宗、华严宗、临济宗，你算哪派哪宗?这一回，他急忙答了一句：“禅宗派。”我问禅宗派佛教教义是什么?讲究如何修行?他答不上来了。我说：“佛教禅宗派认为，佛经浩如烟海，终生也念不完，所以主张坐禅，不立文字，见性成佛。也可以说，靠默想、冥想修行达到顿悟。具体地说，佛在心中，只要心中有佛，方寸之地即为灵山。讲慈悲为本，普度众生。扫地恐伤蝼蚁命，爱惜飞蛾纱罩灯。多少条戒律，第一条就是，戒杀生。而你们要杀尽共产党，讲大劫来临，人死七成，只剩下你们在道门的。简直是胡说八道，难道别人的命不是命？你们盼别人死，和佛教徒连飞蛾、蚊子的命都不伤害相比，你们算什么信众？你们就是恶魔。你说是不是？”高树勤双眼直直地盯着我，无言以对。看来他在琢磨，这个人怎么对佛教这么清楚。他不知道我们整天和会道门打交道，将佛教、会道门二者之间的本质区别早已做过仔细地研究，所以谈起来才如数家珍。

我说：“你们说要杀尽共产党难道这也叫信佛？”他只好喃喃地说：“我们反正就是信佛，不打算干坏事。”我接着说：“佛教讲究六根清净，四大皆空，出家需斩断俗缘不问人间事。尤其是历代历朝只讲修行，不与政府做对。而你们专门反对政府，还要颠覆政府，杀害共产党员。我问你，有杀人放火的佛教吗？有想坐天下的佛教吗？要照你的说法，那和尚、尼姑、信佛的都要坐天下改朝换代了，你这是信的哪家佛？你不就是个老光棍，干不了活，骗吃骗喝吗？”我示意徐股长拿出了材料，将多年来众道徒于送与他米、面、粉条、白菜、肉食、罐头、布票、粮票、钱款、点心、布匹、衣服、鞋袜等的记录一一给他念出来。每一项都说明是何人于何时送的，并问他是不是。他没想到我们搞得这么细，没办法，只能一一点头招认。

念完我对他说："不杀生、行善，就是佛教与你这想杀尽共产党好变天坐天下的道门的区别。你别狡辩装蒜了，赶快交代道门的情况。不然，我告诉你，我们共产党的监狱可不养老！"

审问持续了两个小时，在义正词严、有理有据的批驳之下，高树勤所谓的信佛理论站不住脚了。通过念道徒向他"进贡"的钱款、实物，他骗吃骗喝的罪行也暴露了！

我和徐、李二位股长还一再地宣传政策，让他尽早交代罪行，好争取从宽处理。

高树勤的气焰被彻底打下去了。他突然哭泣起来，不时地用脏手绢擦眼睛，怯生生地问："你们几位领导到底是哪的？是北京市公安局来的吗？"我说："你别管是哪的，你只有交代罪行才有活路，不然只有老死于虎头牢①。早点儿交代了，争取从宽处理。"高树勤年已七十，知道过去死囚牢的厉害，所以我才以此震慑他。其实，新中国成立了，哪里还有虎头牢。谁知，这对高起了作用，燃起了他求生的欲望！他盯着我，又转头看了看徐、李二人，审问开始时那股子满不在乎的架势一扫而光，眼睛也比一开始睁得大了，浑浊的目光有了精神。他又怯生生地问我们："我要是交代了，真的死不了？"看来，他以为要是自己一个月前就交代了他是"皇上"，肯定早就叫共产党枪毙了。所以他一直以来一言不发，而顽抗的

① 虎头牢是古代死囚牢的别称，龙第九子名狴犴，喜诉讼、好打官司，因形似虎，因此古代牢狱死囚牢门有它的形象，因此死囚牢也叫虎头牢。

根子是怕被枪毙。症结原来是在这里。看来交代清楚罪行才能逃离“虎头牢”的惩罚，这一点触动了他的心结，也击中了他的要害。

我们再次向高树勤宣讲政策，让他争取有立功表现，可以从轻处罚。论道门罪行，他罪不至死，即使判刑，以高树勤的身体状况和年纪来看能否服刑还是个问题。可政策、法律上的事，以高树勤那点儿文化怎么会了解。

高树勤的思想防线彻底瓦解了。他将“正字慈善会”的历史沿革、复辟活动，以及自己对沈家二女的猥亵行为都彻底交代了。他将自己如何骗财、骗色、骗吃、骗喝的情况，也一五一十做了交代。

前后近三个小时，审讯圆满结束，这时已近中午。我们和房山县公安局的同志交换情况后，作了通报。一个月了，高树勤终于交代了罪行。有了这个口供，房山县局也可结案了。房山县将高树勤的口供复印归档。我们将原始口供带回。

去房山县公安局提审高树勤之所以取得了成功，是因为我们使用了攻心战术。而且通过宣讲使高树勤知道了佛教与会道门的本质区别，最终迫使他认了罪。

从房山回来以后，我们将以高树勤为道首的会道门复辟案起诉到检察院，工作告一段落。我们在总结高、毕、沈等人的“正字慈善会”复辟案时反复考虑着一个问题，为什么他们要反复地搞复辟活动？1960 年搞复辟活动后被打击处理，1980 年又被打击处理。没过几年，一干人等刚刚出狱，马上又进行复辟活动。他们越来越猖獗，竟然向我党内发展，将公社书记、村支部书记、复员军人等党员干部拉入会道门。怎样才能杜绝他们再次复辟呢？我们经过分析认为，由于以前所经办的这类案件的孤立神秘的性质，致使道徒聚集的村子的群众对其他村的道徒、道首不了解。即使是道众们在搞串联复辟活动，大家也认为他们是在串亲访友。致使道众脱离了群众的监督，明目张胆地进行复辟活动。我们决定在村和镇乃至大集市上办一次图片展览，揭露大中道首的面目，以及他们搞复辟活动时所涉及的人员、村队、联络地点。

我们把高、毕、沈、赵等人的照片放大，注明所住村队，在道内曾任何职务，受封为何职务，哪年参加的会道门活动。然后，在道徒聚集村的街道和大队部作巡回展览。提示村民记住这些外乡人。如果有外乡人再来本村道首家做串联复辟活动，要向村党支部或乡派出所报告。这一招还真行，群众对图片展览很感兴趣，既看了本村的道首如何搞会道门复辟活动，也看到和记住了外乡、远地的道门头子的身份、职务和相貌。大家纷纷说：改革开放这么多年了，居然还有这样的事，特别是还有党员干部在做这样的傻事，真该警惕呀！别看仅是小范围的展览，但它针对性强，而且直入主题，对教育群众、警示群众起到了很好的效果。干部群众都欢迎这种展示活动，比预想的效果要理想得多。群众反映说，这里面的人有的我们认识，以为他们来村里是串亲戚的，谁知道他们是在干这个！看来群众不知情，是他们屡屡行动得逞的主要原因。我们的这些举措，为预防再次出现会道门搞复辟活动起到了一定的作用。

这次小规模地、有针对性、有选择性地在道徒聚集的村子和公社进行展览，收到了较好的警示教育效果。我们把这一做法通过书面材料报告给了地处、省厅。这种做法受到上级领导机关的肯定和赞扬，认为我们想得周到，不仅破了案为止，而且想到几年后如何防止他们再次复辟，并做到了既解决问题又不扩散影响。我们的报告被作为典型材料向全省政保系统转发，要求各地推广我们的做法。

1987 年 3 月 10 日，我代表涿州市公安局出席了全省隐蔽工作“秦皇岛会议”，并在会上作了经验介绍。

1987 年秋，在我省各地区、省辖市及会道门活动多的少部分县及县级市参加的政保工作会议上，省公安厅赵同轩副厅长在工作报告中还重点肯定了涿州市公安局破获会道门案后所做的案后预防工作，要求全省政保系统学习。他还对邯郸的同志特别强调道：“你们邯郸每年出几个‘皇上’，也应该考虑一下案后的预防工作，涿州的经验值得你们借鉴。”

会后我对赵同轩副厅长说：“此案房山县公安局一科由北京市公安局批准，都立了集体‘三等功’。厅长，我们的同志工作量更大，因为此案的大部分工作是在涿州搞的，那么多参战民警，有没有立功的说法?”赵同轩副厅长是个老革命，他对我说：“焕志，我们是在隐蔽战线作斗争，甘当无名英雄是我们的传统。”我记住了赵厅长的话。

那个年代，侦破刑事案件常常会立功受奖。而像反动标语案、反动传单案、香港或者台湾的敌特机关挂钩取联案、反动匿名信案、越境间谍案等这类政治案件，在侦破后往往由于保密工作的需要办案人员往往充当的都是无名英雄。至于像境内间谍案这种，办案人员哪怕是离职、调动工作甚至是退休都要做好保密工作。

下篇　案例分析

匪夷所思的犯罪动机和作案特点

1980 年初秋的一个午后，天气还像盛夏一样炎热。这天在离城西二十多华里的百尺竿乡大泉庄村南和豆庄村北的乡间公路上，有两个小青年拦路抢劫了一个骑自行车的中年妇女。这个妇女四十多岁，豆庄邻村人，是到北面的一个村去办事。被抢物品不多，一个书包，内装零用物品和五元钱。

事情在今天看起来不大，可那是 1980 年，改革开放初期，在这以前抢劫的事极为稀少。案子虽不大，但拦路抢劫影响恶劣，局里非常重视。局里马上抽调刚刚成立的刑警队的民警杨志武、刘会民等人组成专案组进行侦查。

事情很顺利地就摸到了线索。顺藤摸瓜，几天后便抓住了其中一个参与作案的小青年赵 × ×。他供出一起作案的人叫郝某，是房山县城某国营大厂的工人。作案现场离房山县城二十几里路。杨、刘两位民警很快就去了该厂。两人找到工厂保卫科，向科长通报了案子情况，并说明来此是为了拘捕郝某归案。保卫科长一听之下，吃惊不小。他连连跺脚道：“这怎么可能？怎么会是他？真想不到！”杨、刘二位民警见他如此，不明所以，便问怎么回事，郝某平时的表现如何？科长打着咳声说：“郝某平时表现很好，工作努力，乐于助人，平时没见有什么过失和不良习气。这不，前两个月他刚刚跳下灌水渠边的水池救起了落水的女中学生，使女孩儿脱离了生命危险。家长和学校都来厂子表示感谢。为此，厂子召开大会，为郝某披红戴花，号召青年们学习他这种舍己救人的精神，他还被树为青年先进模范。这才几天，怎么会出这种事，你们不会搞错吧？”这下倒轮到杨、刘二人吃惊了。竟然是模范青年？他怎么会去犯罪呢？这不成了犯罪青年了吗？但证据确凿，不会有错。于是，杨、刘二人向保卫科的同志出示了同伙的证明和受害人提供的体貌特征等材料。这些材料表明，尽管他平时有如此好的表现，但这次拦路抢劫的案子肯定是他干的，不会错的。保卫科长连连叹气，说道：“那叫他来问问，看他怎么说。”杨、刘二人同意了。

工夫不大，郝某被找来了。小伙子一米七左右的个头，相貌端正，二十岁出头，满脸的稚气，一副乐天派的样子。他进门后不慌不忙地问科长：“科长，您找我？”举止十分得体。科长盯着他直看，也不言语，过了足有一分钟，才指着杨、刘二人说：“这是涿县公安局的，来找你的。你是在涿县百尺竿那抢人东西了吗？”谁知他没当回事，满不在乎地回答说：“是有这么回事。那天，赵某非叫我和他一起出去玩。在涿县那半道碰上个妇女，他问我敢不敢抢这个人。我说为什么要抢人家？他说，看你有没有这个胆。我被他一激，就说，你要敢抢我就敢。这样就抢了那个妇女的一个书包，也没有什么东西，只有五块钱，给他了。”他好像是在说一个和自己无关的事。科长气得拍着桌子说：“你知道不知道，你这是在犯罪，要蹲监狱的！”郝某一脸茫然，口中喃喃地重复道：“赵××只叫我和他出去上涿县玩，我不好推辞就去了。半路他又说抢那妇女，还故意激我敢不敢，我也不想示弱，才应的。其实也没怎么着那人，我们就接着玩去了。”科长叹息着说：“你呀！你，整个儿一法盲。”

事情已经再明白不过了。于是杨、刘二人将郝某带回了涿县公安局，与先行被拘留的主谋赵某归案一并处理。

我当时虽在刑警队，但未经手这个案子，却对这起由模范变罪犯的案件感到十分惊奇。我觉得有必要弄清他在舍己救人时是怎么想的，受人激将唆使拦路抢劫时又是怎么想的。于是我去找预审科的同志，叫他们再提审郝某时叫我一下，我打算听听罪犯对这两件事的想法。几天后他们提审郝某，一见果然像杨、刘二人描述的那样，身材、相貌，尤其是面部表情都像个稚气未脱的乐观青年。问他当初救人时是怎么想的？他说：“不能眼看着那个女中学生被淹死啊，当时没想别的。”又问他为什么抢劫路人？他说：“我们哥俩挺不错的，经常一块出去玩。他问我敢不敢抢，我也没细想，觉得不能向他示弱，所以他说抢，我就帮忙了。”

原来如此！看来他舍己救人时并未细想，拦路抢劫时也没过脑子。

救人时郝××受善良的本性和本能的驱使；抢劫时则受哥们义气所鼓动只当是好玩，他根本没意识到自己是在犯罪。可见，在他的脑子里，干好事和干坏事的界限意识非常模糊。

20 世纪 70 年代初，农村为改变农业现状，开始了打深眼机井，用电力浇灌土地，改变靠天吃饭的现象。打机井，配套设备是动力电线、光铝线、水泵、上下扬程，而最重要的设备便是电动机。计划经济时代物资短缺，而电动机在工程中又如此重要，因此一些自称能买到电动机的诈骗活动应运而生。有的人干脆走捷径，盗窃电动机去卖。一时，电动机盗窃案成风。

1973 年夏日的一天，治安股破获了一起盗窃电动机案。电动机十千瓦，约有两百多斤。治安股高股长等人分析，电动机如此重，从下胡良乡某村的地里盗窃后，再连夜赶几十里路运回南皋店乡某村。肯定非一人作案，还得有运载工具小拉车。起获赃物时问嫌疑人胡某："还有谁和你一起作案？用什么运回来的?"嫌疑人回答："我自己作的案，用自行车运的。"当时我们认为该案犯是在包庇同伙，于是决定先提回电动机和自行车再说。

回公安局正式审问，案犯胡某还是说自己一人作案，用自行车运的，没有同伙，也没有用小推车。治安股的同志给他做工作，既然落网了，就应该如实交代，没必要隐瞒，也没必要替同伙顶罪。

案犯胡某是个三十岁上下的棒小伙，个头中等，体格健壮，很精神。他说："都到这分儿上了，我还隐瞒什么？不信你们看着，我试给你们看。"治安股的同志说："那你用什么绳子捆的电动机，绳子在哪?"哪知他说，没有绳子，就是干放在后车架上的。他这一说，大家更觉奇怪了。那就试验一下，看他到底是怎样用自行车运的。

这人的自行车大梁是用加长的水管架子焊接的。载物的后车架也拆掉换上了加长、加宽的水管架子。这样，车身、后车架都经过了改装，能承担重物。当时公安局在天主堂大院，院前场地很开阔，于是叫他演示，我和其他股室的多名干部也前来观看。只见他放倒自行车，将后车架靠近电动机，硬是用右手将两百多斤的电动机先和后车架靠上，然后右手扶后车架并搂住电动机一用力，自行车和电动机起来了。两百多斤的重物竟然用一只右手一拽而起。而后既不捆也不绑。只见他晃晃悠悠推着自行车走，越走越快。到车稳了不晃动了，他一偏腿骑上了自行车围着大院转了一圈。大家惊奇无比。若不是亲眼所见，谁能想象他一个人从地里机井房偷来电机，装在后车架上，走在庄稼土路上竟然不捆不绑将电动机带上了公路。当年的107国道又称搓板路，颠簸不已。他竟然这样夜行几十里到了家，今日若非亲眼所见，谁能相信?

1973年的晚秋，已接近冬天。治安股破获了一起盗窃南皋店乡一生产队库房的案子，丢失了三百斤小麦。案犯乔某是夜里行了十几华里路回到松林店镇某村的家里的。起获的赃物是两大麻包小麦，重约三百斤，每包约合一百五十斤。运输工具也是一辆经改装的，用加长管做车梁和后车架的自行车。这样改装自行车是为了能驮载更多的货物，在当时自行车是唯一的长途运输工具，因此都做如此的改装，好能承载更多的重量。

作案的小伙乔某二十多岁，细高挑身材，宽肩膀，细腰身。这可应了那句古话，“膀宽腰细，必定有力”。他人也生得很英俊，除面色微黑外，长方脸，五官非常端正。秀气的大眼，眼中露出忧郁的神情。他的眉毛是向上扬起的八字形眉毛，斜入鬓角，好像戏剧中化过妆的武生。所谓“眉分八彩，目若朗星”，真是剑眉虎目了，端的是好一副相貌。如此英俊秀气的青年，很难把他和盗窃犯联系起来。不知为何，几位领导也和我一样对他恨不起来，审问时一改往日对盗窃犯的疾言厉色，而是很平和地问他作案的过程。原来他是个初中生，毕业后在乡里参加生产劳动。他说话时很淡定，并无粗鄙的言词。面对自己犯案被捉的情境也显得很镇定，一问一答，表现得不卑不亢。这很出乎我们的意料。

问他有没有共同作案的人，是用什么车运的小麦。他说：“我自己，就用的这一辆车。”同志们虽感这个回答有些意外，但有了夏天那个偷电动机的胡某的案子，遂不再追问，而是说：“那你到院里重新把货带上，便可以认定是你一个人作案。”

乔某答应了，来到了局里的前院空场。他把麻袋先隔二三尺放好，再把自行车放倒，把后车架靠近麻袋包。他先把一麻袋包捆在后车架的一侧，又一用力把后车架反过来，把另一麻袋包捆在翻过来的这一侧。他把两个麻袋包上、下、前、后捆结实了，确定是丝毫不动摇了。只见他站起身来，稍缓了一下情绪，积攒了一下力气。然后他伏下身运足劲儿，使劲儿去搂抱那袋压在底下的麻袋包，先将压在底下的麻袋包拽起了半截。这时只见他喘了口气，缓了缓劲儿，再用肩膀顶住麻袋包，然后用双手去抄向麻袋包的底部，低沉地哼了一声，两袋共三百斤的麻袋包一下子就立起来了，当然自行车也就立起来了。只见他小心翼翼地扶住麻袋包向车后回转，转到后车架后又转过左侧的麻袋包，再用右手扶住后车架，左手去抓按前车把，以免车前后失重。再略微停顿一下，缓了缓劲儿，然后开始一手扶后车架一手扶前车把，推车前行。两麻袋包离地一尺多高，真是捆得很有技术。既不拖地，也能过小的坡坎。随着步伐的加快，车子稳当了。他一跃从前边掏腿上了自行车，开始围着前院场地转开了圈。

又问他作案时为什么不让人放风？他回答说：“不愿意找别人，自己也没有干过这个，这是头一回。家里困难，弟兄多，粮食不够吃，几个劳力秋后也分不了多少粮。”我们听了无语。的确，那时家里几个劳力，因工分分值低，秋后也分不了多少钱。产量低，也分不了多少粮。粮食自然不够吃。

这小伙子是种庄稼的好手，有力气，并非好吃懒做之辈。不务正业的人是不会有这身常年劳作锻炼出来的力气和体魄的，也不会单单选择粮食来偷。事后一调查，他确属初次作案，并无前科和恶行。相反，他在村里的表现很好，大伙儿也很喜欢他。虽因家庭困难，且确系初犯，但胆子也确实大了些。那时我曾想，凭他这个身材、相貌、本事，应该是个当侦察兵的料，可惜时逢困难时期，家里口粮都不足，想当兵也轮不上他。万般无奈，竟然选择了如此下策，令人惋惜。

这两件盗窃案，尤其是后一件给我留下的印象颇深。那个年代，有的人作案只偷粮食，完全是为了解决家里的口粮困难。由于贫穷造成的一念之差，太可惜了。

为此，我还特别留意了这个小伙子日后的动向。服了几年刑以后，他学会了瓦匠。改革开放之后，因为他有文化，肯卖力气，脑子也活，就拉起了包工队，后来又成立了建筑队，再后来创机的企业也有了一定的规模。如今，他已是乡里、镇里知名的人物了。

由猜疑惹出的凶案

1978年2月26日凌晨3点，恰逢两会前夕，北京广渠门国营化工厂发生一起重大凶杀案。凶犯王玉波，涿县北岗村人，男，五十岁，将本村同在北京务工的乡亲吴某、周某用木匠斧子砍死，将韩某砍成重伤后被擒获了。

因是两会预备期间，此案引起极大重视。公安部急电通知涿县公安局到案发现场，并将案件移交涿县处理。由局领导带队，我与技术科刘会等人迅速赶至现场。

作案人和受害人均系我县下胡良公社建筑队工人。六个人分住在化工厂建筑工地的简易工房。王玉波与一男青年住此房里屋，外间有三名男青年和一名四十多岁的中年人。

起因是春节前二月一日那天，宿舍内韩某某丢失了二百三十余斤粮票和七十元钱。同宿舍的人总怀疑是王玉波偷的。那些天，无论干活时还是在宿舍大家总指桑骂槐地数落他。春节回家过年后回工地开工，为此事几个男青年还是骂声连连的。王玉波为人内向，新中国成立前当过伪兵，原籍衡水地区枣强县人，后流落北京学徒。新中国成立后，他入赘到下胡良公社北岗村，是倒插门女婿。王玉波认为大家之所以怀疑他偷了东西、欺负他，是因为自己是倒插门女婿，所以受人歧视。他觉得这口气咽不下去，于是在2月25日晚上在屋外转悠了半宿。他觉得无路可走了，于是将水泥袋的桑皮纸抵在水泥杆上借着路灯照亮，用木匠的画线笔写下了“他们欺负我，我实在受不了”的遗书，塞在自己床铺下面。26日凌晨3点，他趁里、外屋的人都睡熟之际，用木匠斧子先把里间的吴某砍成重伤，该青年冲出去跑了七八步倒地而亡。后又到外屋，将靠南门边的只有十八岁的周某砍断脖颈。在睡梦中，周某血流殆尽，一腔血染湿了褥子的上半部。之后他又想砍靠西床睡的韩某，因此时他已连砍两人，靠西床的韩某被惊醒了。韩某躲闪时，王玉波的斧子砍偏，齐茬儿地砍破了枕头，散了半床荞麦皮。韩某一边托住王玉波的手腕，一边骂道：“你他妈为什么砍我?”因屋外有路灯灯光，所以韩某能看出王某拿的是斧头。王说：“你们逼得我没法了!”说着又向下砍，在此性命攸关之际，韩某拼命托住王的手腕，说：“我他妈碍着你了吗?”就这样两人厮打起来，听到人声吵嚷，睡外间北边的那个四十多岁的中年木工闻声开灯，见王用斧子砍人劝说道：“王师傅，你是个明白人，这不是办傻事吗?你要砍坏了他，你不得坐牢吗?”他哪里知道，王玉波早已砍死了两人。

丢失钱款、粮票的事，几个男青年向建筑队领导反映过，但领导没向派出所报案，也没当回事。拖了近一个月才开始找人谈话，但只是找王玉波谈话，这就更使得他认为是在怀疑他。由于谈话不得法，倒起了反作用。谈话没解决问题，王玉波觉得无望了，便杀人泄愤。几个男青年仅凭猜疑便漫骂泄愤。王玉波或许是真的没偷东西，但在领导处得不到信任，于是气急败坏，竟然走了极端，连杀了两个人，可见他的心理已经扭曲到何种地步。青年韩某若非被惊醒，恐怕也被杀害了。

做笔录时，韩某还在医院治伤，他的下颌骨被削掉了一块。若不是他听到动静，转头起身，斧子砍空又怎么会躲过一劫。就这样韩某用胳膊左推右挡，还是被砍中了下颚。木工拉亮灯后，韩某拼尽力气夺斧柄，并大声呼叫。隔壁的工友纷纷赶来，王玉波见事情已败露，这才弃斧逃命，出门没几步便被大家擒住。韩某侥幸在鬼门关前捡回一条命。

其实丢失的钱、粮票的数量已构成刑事和重大治安案件，可惜建筑队领导处理不当，未及时向驻地派出所报案。这样反倒加速了矛盾的激化，酿成了一起重大凶杀案件。

细追线索凶犯就擒

1978 年 7 月 17 日下午 3 点，向阳公社卫生院大夫赵某来局里报案，称其女儿赵小荣昨夜失踪，至今未归。

当日下午 5 时，向阳公社来电话报该女的尸首已被发现。

由县公安局刘副局长、侯副局长带队，大家立即出发，6 点半便赶到了现场。保定地区公安处技术科郭树法医也带助手赶到了现场。

死者名叫赵小荣，女，十六岁，初一文化，系刁沃公社某大队人。现场在刁沃村南 112 国道南的一个长形大深沟的坑里。大坑两米见方，尸体周围挣扎的痕迹很明显。土草滚压的痕迹、臀部着地的印迹、布纹印、头部被按压的印、头发印痕等都清晰可见。还有解放鞋的足迹，鞋底花纹呈波浪状条纹。尸体四周有手抓过的土印。现场遗留物有儿童毛巾一条，是蓝白相间的花纹，还有发卡一枚。

此现场为原始现场，死者颜面部因窒息青紫肿胀。鼻子出血，嘴里被塞满沾草的泥土。脖子右侧充血，明显有掐痕，应该是被掐住脖子，窒息致死。勘查足迹走向，犯罪分子是沿东北方向逃走的，过马路后因地形条件关系，足迹消失。

现场勘查后，地区公安处法医及技术员一行回保定。专案组立即在刘、侯两位副局长组织下研究案情，确定侦查方向。从作案残忍手段来看，有可能是惯犯或是受过打击的刑事犯罪分子。应该从惯犯、流氓或有调戏妇女劣迹的人入手进行排查。范围暂定在刁沃乡几个大队和大沟南的东张村等几个村，同时访问受害者家属，了解受害人平时都和哪些人有来往。

我受命调查刁沃公社的一个离现场近的大队，对有劣迹的人员进行排查。查了一天虽然排查了几人，但都不具备作案的时间和条件，也没有与现场足迹相同的解放鞋。18 日傍晚，在各组汇报时通报了情况。受害人家属访问组也没发现大的线索。我在会后碰见一熟人系本村人，在城里工作。我问他："死者晚上没回家吃饭，那发现她和谁在一起谈过话或打过招呼?"他说："有人看到那晚她曾和他的表兄说了会儿话。"我一听，匆匆告辞就去找侯局长。我对侯局长说："听说死者晚饭前和他表兄说过话，这个会不会是死者最后接触的人?"因为我不在家属询问组，不了解情况。侯局长说："这个情况早就掌握了，她这个表兄刚十七岁，姓胡，叫胡林子，左眼瞎，不会有什么情况。"我问："访问这个胡林子了吗?"侯副局长说："没有，不会有问题，是他亲表兄，不用访问了。"我听了，默默无语。侯副局长是"文化大革命"后期从张北县调来的，是 20 世纪 60 年代初从北京来的支边干部。他经验丰富，且为人正直、厚道。我不属于家属访问组，侯副局长既是领导又是长者，他说没必要问，我也不便再插话。我应该赶紧去摸排我负责的那个大队有劣迹的人，这才是我的正当工作，于是我转身向街内走去。

可是，走了一段路，我心里总觉得别扭。万一这个表兄是死者生前接触的最后一个熟人呢，万一能提供出有价值的情况呢？这个工作不管有效无效，按程序都是应该做的呀！因为侯副局长为人厚道，我和他相处的时间虽不太长，和他打交道也无顾虑。于是，我又走了回来找到了他。我说："侯局长，我想去访问一下死者的表兄。"侯副局长说："都找人了解过了，胡林子是死者的表兄，是个孩子，为人又愣，半精不窍的，不会提供出什么有价值的情况。根据作案的残忍程度，我们还是抓紧做重点人的工作吧！"我一听，路堵死了，只好又转身出来向街里走。可是，我心里总静不下来。只是了解过胡林子的情况，为什么不直接接触他一下，看看到底他能提供什么情况呢？我总想见一见这个左眼瞎的死者表兄本人。我边走边向人打听这个胡林子在哪儿？有人说他在卫生院看电视呢。于是我到了卫生院，人家说他刚走。我看时间已是深夜11点了，因为天热，人们大都还没入睡。那个年代天热时莫说是空调，有电扇的人家也没有，所以都在外面纳凉。这两天发生凶杀案也是大家谈论的话题，公安人员的举动大家既注意又好奇。我问几个纳凉的人："胡林子在哪？"有人说："替他爸爸值班，看场去了。"我又问："场在哪？"有人一指说："那不，前面亮灯的那。"我一看，果然不远处一根高杆子上亮着灯，看来是照场院的。

我顺着灯光走了一会儿到了秋场上。两个男人在看场，一年长，一年轻。我和中年人招呼后得知他姓罗，四十多岁。青年人姓徐。我问："胡林子在哪?"罗某说："昨晚胡林子八点多替他爸爸值班，我十点多才来，见他睡在院外稻草棚子上。我和他一块待着，说起队里的人命案。他说：'昨天晚上我和哑巴、刘生儿一块瞧电视，别受怀疑，找上事。'我一听心想，孩子们看电视怎么会怕被怀疑呢?"我就问："哑巴、刘生儿是谁?"罗某说："胡林子哥六个，哑巴是他三哥，刘生儿也是我们队的。"

我问罗某："胡林子还说了什么?"罗说："胡林子说：'这个杀人的要跑了不行吗?'我说：'跑哪去，跑哪去也得逮住。'胡林子又说：'出主意的比杀人的罪过大。'我说：'这事谁给出主意呀!'说完话不大会儿，十点半了，我就把马蹄表拿进了屋，当时已是 10 点 40 了。后来，不知什么时候胡林子又进了屋。我看表，说：'你还不进屋睡去?'他答着睡去了。"

我听到这里不禁脑子里打转，胡林子这些话是孩子话还是另有原因? 我又问姓徐的青年，他还说了些什么? 徐说："他说他还听说公安局能从死人眼里照出杀人的人。"原来，多年以来，民间就有一个传说，被杀死的人临终眼里能留下杀人犯的影像，公安局能据此找出杀人犯。听到这里，我不禁心里一惊。这个胡林子小小年纪，而且是死者的表兄，他本应关心死者，盼着找到杀人犯为表妹报仇，可他问的怎么全是怕牵连到自己和担心杀人犯被发现的事呢? 我越想越觉得事有蹊跷。我忙问："胡林子在哪?"他二人回答说："刚才在院里睡，现在上屋里睡去了。"我走进他们那个简陋的屋里一看，屋内无人。我站在屋门口对他们说："屋里哪有人?"他二人一听也赶到屋前说："在房上睡呢吧。"仔细望，房上也无人。这时我又返回屋，仔细打量，炕上无人，抬头望，屋顶墙角有一个铺盖卷捆好吊在屋梁角上。我问：“这是谁的?”经辨认，他们奇怪地说：“嘿，这就是胡林子的。这是干什么? 他到哪去了? 不回来了吗?”

见此情景，我心里明白了大半。我马上赶到侯副局长处。这时已是夜间12点了，顾不上说别的，我马上将情况向侯副局长做了汇报。侯副局长一听也急了，马上找到胡林子的姑姑，叫她详细介绍胡家亲属的住址。有本公社小郭庄的，大郭庄的；有北京市房山县长阳中柬人民友好公社八堵墙村邢某，其妻邹氏是胡林子的表姐；还有胡林子的大哥，他在内蒙古二连浩特当兵。

侯副局长连夜派兵遣将，当时交通条件落后，局里只有一辆跨斗摩托。侯副局长派我连夜驱车百里赶到长阳，先和派出所取得了联系，要求协助缉拿，接着进村见到了胡林子的表姐，给她做工作。她回答说胡林子没来过。事后才知道，她说了谎，胡林子曾来过她家，是她资助胡林子外逃的。

在我们去长阳的同时，破案组已取得了胡林子长兄驻内蒙古二连浩特的部队番号，拍去了协助缉拿胡林子的电报。两天后，消息传来，胡林子赶到二连浩特，即被部队拘押，电报通知我局将人犯解回了原籍。

据胡林子交代，他想和表妹赵某搞对象，但被她拒绝了。二人发生争吵，撕扯，之后他将表妹凶残地杀害。

处理此案的不足之处在于，如果案发之日即询问胡林子，有可能不容他逃跑就能破案。可惜因考虑他们是至亲，胡林子又是个孩子，而且不太精明，没深入做工作而走了弯路。

派性不除真凶难办

1979年，中央下发文件为1957年错划的“右派”平反。同时为全部四类分子，即地、富、反、坏摘掉帽子，一律予以公民待遇。揭批“四人帮”、肃清流毒工作，进行了三个年头了。但十年“文化大革命”，年深日久，派性的残余仍在很多人脑际存留，成为当时挥之不去的巨大阴影。

1980年春的一天，刘副局长因百尺竿公社某村发生一起盗窃案找到我，要我带着新分配到局里的复员军人崔玉和孟庆坤去破案。

我奉命带着两人出发，先到百尺竿公社向公社党委汇报，领取指示。当时，党委徐书记对我说：“这种形势下，破案不难，要先从‘四人帮’派系下手，案子一定是这些人破坏大好形势干的。要严厉打击，狠杀一下他们妄图复辟的气焰。”我一听，他不但给案件事先定了调子，还指出了路子，划出了作案人的范围。我心想他这是在打政治仗，与破案要重证据、重实事求是无关。

离开公社，我们向案发地进发。案发地是靠近北京市房山县长沟镇的一个大队。我过去下乡破案常来这村，和村干部比较熟悉。可是等到召集村支部开会时，才知道班子成员都换了，只有一个治保副主任还认识，是原来的村支书。其他人都是生面孔。先看了现场，一个生产队库房被盗，化肥、光铝线丢失不少。这需要费些工夫，不是一次就能盗窃成的。但从足迹上看，没有同伙，就是一个人作的案。回来与支部成员座谈分析案情，这些人众口一词说是帮派体系干的。叫提对象，他们一口气提了七八个嫌疑人，说都是帮派体系分子。我详细了解了这些人的情况，发现竟然都是党、团员，有的还是下台支部班子成员。我说："你们说的这些人难道都有盗窃前科或有偷摸的行为?"他们说："那倒没有。"我说："那怎么会认为他们有嫌疑呢?"他们说："他们不服气，搞破坏嘛!"我一听，这案子没法进行下去了，但也不能让他们看出我对他们不信任。于是我建议："你们忙吧，抓好村里的工作，我们破案组要找群众了解一下情况。"

晚上我没和崔玉、小孟打招呼，直接去了治保副主任也就是原支部书记的家。一见面，他说："李股长，你怎么来了?你就带两个小青年还想破案?"我说："不会太难吧。足迹很清晰，花纹很完整，二十六公分长，四十二码鞋，在有劣迹的人中，找这个人真的很难吗?"原村支书叹口气说道："老李，不用找，我就知道这小子是谁，可你们不能动他呀!"我说："什么人? 怎么回事?"他说："我一看那鞋花纹就明白了，我们这个小村，就他有这么双鞋，这小子偷摸成性，前段时间还因为盗窃被长沟镇派出所送房山县拘留过。他是现任支书的亲侄子，支书心里很清楚，就是不说，还往一些老党员、团员身上引。老李，这案子你破不了。你要是破了，大队支部、公社党委也不饶你，准说你打击干部群众，为帮派体系撑腰。”我一听，想起日间支部成员的发言，再联想党委徐书记的表态，觉得确实如此。

这可怎么办？第二天我带崔、孟二人走访群众，一些群众躲躲闪闪，一些群众列举的嫌疑对象和支部班子说的一样。那个作案嫌疑人早已不见了踪影，有人说他已经跑到房山县去了。

我感到此案阻力太大，难以顺利开展，于是连续几天只是敷衍。这里是稻田区，为排遣愁思我还写了一首《雨日稻乡思》：翠柳初泛绿，白杨穗乍抽。新雨如麻声声落，满畔秧苗乱点头。村景虽好拂人意，见此意下反转愁，心似雨脚如麻乱，眉如天色暗云收。抬首望云无开意，案情何时见日头？还好，没几天别处发了大案，抽我们回去，我们顺势回到局里。我生平第一次没对作案的真正嫌疑人做工作。也就是说，让这个人躲过了初一。我心想，这小子一贯偷摸，积习难改，早晚等得着他。

果不其然，第二年开春的一天，百尺竿公社公安员张连富和司法所长段荣才来了。当时公社还没建派出所，段荣才同志也还没调到公安局。他们带人来公安局填写拘留手续，我一听是拘留去年我去过的那个村的人，我就问什么人作的案。张连富和段荣才和我开玩笑说，就是你去年不敢抓的那小子。我问："公社党委、支部什么态度?"他俩说："什么态度?那小子作案被发现，人一喊，众人连追带堵把他打伤了，搬过脸一看，才见是他。赃证俱在，怎么抵赖?去年偷库那起案子他也交代了。卖铝线的地方是房山县的一个窝点也被端了，这下书记现眼了。"

真是：躲过了初一，难逃十五，贼性不改，必有恶报。

不容忽视的犯罪细节

1980年初秋的一个上午，涿县某乡卫生院的一个女青年前来报案，称昨晚十点左右在卫生院后院南门不远处遭歹徒强奸。

我当时正在刑警队任侦查员遂去勘查了现场，女青年指认了案犯作案地点。当时正值改革开放初期，百废待兴。涿县县城小，人口都集中在城内。这个乡卫生院却在远离县城的铁路东荒郊野外，四面无村落，大门朝正北。这个南门是便门，夜晚关门。左、右两侧都是庄稼地，一到夜晚显得特别荒凉孤寂。天一黑便路断人稀。所以歹徒有恃无恐，抢劫、强奸案频发。

勘查完现场，回局办公室和受害人又详细落实了一些细节。受害人临走时不经意地说了一句："那人叫我今天夜里十点还到那去找他。"

我们在杨队长主持下分析案情，确定侦查方向、范围和需要摸排的对象，最后决定分几个组立即行动。我见杨队长始终没提那个受害女青年最后说的那句话，看来没引起他的注意。于是，会后我单独对他说：“杨队长，受害人说那小子今晚十点还叫她去。我看宁可信其有，不可信其无。最多受次骗，我们动员她今晚去。如果她不愿意去，让我们的女民警去，我们埋伏在庄稼地，万一那小子去呢，算他倒霉，还有个跑?”杨队长笑了：“那小子会那么傻，昨夜犯案，今天还去？两人又不是熟人，这是强奸案！他是信口胡说，不可信。”我说：“大不了白跑一趟，要不我带两人去一趟?”队长说：“没必要。我们赶紧分头行动吧。”我一听只得“服从”命令了，如果非要去，万一那小子不去，我还得受埋怨。案子进行了二十多天，附带着盗窃案破了几个，但这几个盗窃案犯中都没强奸案的案犯。正在这个关头，铁路边又发生了一起强奸案，受害人所描述的案犯的身高、胖瘦、口音等体貌特征和卫生院门口实施强奸的案犯像是同一个人。大家十分气愤，难道这小子竟敢顶风作案？于是，昼夜奋战，十天以后终于在城北六里的永乐村将这个案犯牛盛华抓捕归案。

在审问案犯过程中，我乘机从旁插了一句：“牛盛华，你本来约好了第二天夜里让人家等你，怎么到时候你先走了?”这本是诈他一句，出乎意料的是，他回答说：“头十点我就去了，过了十点半她都没去，我才走了。怎么，她十点半以后才去的呀?”听到此言，大家面面相觑。案件破获了，但晚了一个多月，还致使又一名妇女受害。个中滋味我相信破案组成员都有感受。

转眼到了次年初春，天气乍暖还寒，在铁路旁水泵厂的路南地里又发生了一起强奸案。奇怪的是受害人在述说被强奸过程后，也说案犯叫她今晚八点还在原处等他。杨队长和我们分析研究了案情，初步定出了方案，并提出今晚到现场试一试，案犯要去就擒住他。我和杨队长开玩笑地说："那有什么必要？那小子那么傻，今天还去？"这是去年那个强奸案杨队长回答我的原话。杨队长笑着说："别哪壶不开提哪壶。你讲话，只当上个当受个骗。"当晚，由侦查员老朱扮妇女戴个大头巾蒙住头，同志们开玩笑地说，像个"偷地雷"的。我们十多个人在铁路旁，垄沟里埋伏了个密密麻麻。老朱在案犯昨晚作案的地方戴个大头巾来回转。约莫八点，有个人露头了，他从北边道上向南走近铁路，见地里有个人戴个大头巾在那走动。他向四外望了望，觉得没什么异常，便开始从铁路旁小道上向西边地里的老朱走去。他走近了十来米，我们开始四外合围，他快接近老朱时才忽然发现四周都是人。他马上撒腿向北跑，可怎么跑得出去。大家向前一冲擒了个正着。戴上手铐，手电一照，有人认识他，原来是税务局一个人的亲戚，三十岁的刘某。

就这样，案犯在二十四小时以内被擒。

以上案例说明，犯罪嫌疑人并非个个精明，他们往往受欲望的驱使迷失了本性，顾不得思考利害关系，最终稀里糊涂地办傻事。如按常理推断，往往会贻误破案时机。

结果各异的两起纵火案

1980 年的春天，城西的孙庄公社某村发生了一起纵火案。生产队刚建起来的三间副业用房被烧光。县公安局勘查现场，除起火点处被烟熏得比其他地方黑以外，现场因救火地上脚印杂乱，浇水灭火造成地下泥浆点点，好似雨后一般很难行走。而当时破案的主要依据是足迹、指纹、引火物，想要找现场遗留物更是无从说起。真应了那句话："贼偷一把，火烧全光。"

勘查完现场，一无所获。局里指派我负责，并指定公社公安员王希伦配合破案。我俩简单地一碰头，觉得现场没有证据，事情难办。王希伦提议挂个揭发检举箱，动员社员揭发坏人坏事。同时我们俩和村支部、大队班子一同分析寻找突破口，看谁和生产队有这么大仇，非把盖的新房烧了不可。议来议去，焦点集中到了一个人身上。此人姓赵，是个青年木匠。他长年出外做工，小两口日子过得比一般人富裕些，最近备好木料还要盖新房。由于队里不让他出去干木工活，因此他对村、队干部意见很大。这时虽然粉碎"四人帮"四年了，可是

“左”的影响还很浓厚。村里还没实行家庭联产承包制，还是生产队体制，集体出工，不许单干。他见队里盖了房，要办副业，曾流露过“不让我好过，你们也别想好过”的言论。根据他的表现，我们决定先找他谈谈话。因为没有什么真凭实据，只是一般谈话而已，并未抱多大希望。

这天早上，村治保主任把他找来。他一进屋便大声叫屈，说：“我早知道得盯上我，我平时人缘差，干部又对我有意见，非盯上我不可。”

我和王希伦听着奇怪：“什么盯上你了?”他说：“你们挂意见箱，大家检举，一投票还不选我。”我俩听了大笑，原来他把投信检举坏人，当成了投票。看他如此激动，我俩却起了疑心。我仔细打量着这个赵姓青年，只见他近三十岁的年纪，小伙子细高个儿，白圆脸，生得很是俊俏。再加上长年不干庄稼活，不是满面风尘的社员模样。做木工活不沾尘土，他穿的衣服整洁干净，简直就是一个城内漂亮的小伙，丝毫看不出是农民。他给人的印象不错，是那种头次见面就叫人有好感的人。我把视线从他身上移开，又重新盯住他的脸，对他讲：“你先别着急。为什么不找别人，第一个就先找你? 你要认真考虑，既然找你，你就应该知道，如果真是自己一念之差做错了事，就应该交代清楚，争取宽大处理。”他一听，不再言语了。我和王希伦对视了一眼，也不说话。这样双方都沉默着，屋里静得很。过了一小时的光景，他沉不住气了，说：“火是我放的。”问他为什么? 说就为干部剋他，不叫他外出做木工活。要他交代过程。他说是半夜起来放的火，然后回家从窗户往外看。见火大了，救火人多了，他这才拿出桶、扁担出来救火。他故意大声叫嚷，声音比谁叫得都大，嚷得比谁都欢，干得比谁都卖力。故意显示他积极，引起别人的注意。他交代之后，我们让治保主任看着他，我和王希伦去他家询问他的妻子：“你男人什么时候起床，什么时候回来的?”他媳妇说：“我睡觉死，他来回我都没发觉。”是隐瞒还是真没发觉? 屋里除了他夫妻两人外，就有一个三四岁的孩子睡觉。没结果，又返回来问赵木匠。他说她媳妇睡觉是死，他起床放火之后回来，她确实不知道，并痛哭流涕地说：“火一着起来我就后悔了，毕竟队里盖三间房也不容易，是全生产队的血汗钱。可也无法挽回了，我只好跟着救火，但还是烧光了。我错了。”

事实交代得很清楚，通过调查参与救火的多名村民证实，火场上就属他叫喊的嗓门大，也属他干得欢。确实像他自己说的，故意表现给人看的样子。但即便如此，也证明不了火是他放的呀！没有旁证。我们向侯副局长汇报了情况。案子破了他很高兴，可证据全无无法向检察院报捕。他说：“索性宽大。要他当众做检查写保证书，赔偿生产队的损失。”也只好如此了，这也是一个没有办法的办法。我们和村里一商量，村干部也同意。赵木匠很感动，说是只要不抓他进局子，保证退赔损失。一家三口只要能团圆，他觉得已是便宜自己了。于是他在社员大会上痛哭检讨，保证再不犯错，并提出把自己预备盖房的木料及建房材料全部交村里，不足部分再补款。

今天看起来案件的处理几近笑话，只有犯罪嫌疑人的口供和陈述根本不能批捕，处理不了人。他不交代，我们也没办法；或者交代后翻供，我们也没辙。反正没有证据。而他在我们不打不骂的情况下交代了事实，并说火一着便十分后悔，这是一个农民的真实心理特征。他本人也是辛勤劳作之人，知道务农的艰辛，房屋一旦化为灰烬，自然会心痛。接着，他痛痛快快地赔木料、钱款，毫无做作之态，可见他是真心地思过。

这件案子如果按照现在的刑法规定“无罪推定，疑罪从无”，即无证据退赔也不合法，只能按无罪来处理。但那时是按有罪推定的原则，疑罪、证据不足是按降格或从宽处理的。

这样，这起只有口供而无其他证据的纵火案便结案了。

无独有偶，这年六月中旬，记得这是包产到户后的第一个麦秋，社员都在打轧自己的麦子，松林店镇最大的一个村，柳树屯也出了一起纵火案。罪犯把一家刚盖好还没住人的四间新北屋烧了个精光。我们到现场勘查，火从北房西北角西墙与北墙接缝处着起，有明显烟熏的痕迹，辅助引火物是在墙角放了一堆玉米秸，从玉米秸灰烬可以看出来。从烧毁的新房出门，向北走后胡同再向西走到尽头，向南拐再向西去几十米，一家门口的石墩子上有一个摔碎了的瓶子。瓶子虽碎了，但瓶嘴厚且细没碎，一闻明显有煤油味。考虑这可能是纵火的引火物，遂提取了煤油瓶嘴。难得的是，竟然发现上面有清晰的指纹。因为瓶嘴油腻多，故指纹明显。这样，瓶嘴交由技术科取回局里。我和另外两个民警留下来破案。

召集村里班子成员和发案大队干部分析时，大家都互相对视而笑。我一见好像他们心里有数似的，便问：“怎么样，有怀疑对象啊?”几个人都说：“要干，只能是这个人干的。”我说：“什么人?”他们说：“他解放初参加工作，也是公安局的。20 世纪 50 年代初，剿灭王凤岗土匪时他喝酒误了事，致使土匪逃跑，受过记大过处分。之后他还在公安局骂领导，和同事打架。1959 年，他在城东奔向阳的一座大桥下学狼叫鬼叫吓唬人，影响极坏，被公安局开除了。回家后在村里他仍然专横跋扈，打架斗殴，无人敢惹。一年前，他曾用锄草铲将邻居的鼻梁骨打塌，为此而被劳教，这才解除劳教回来没有几天。这个人心狠手辣。他叫乔宝全，和房主乔某有矛盾，和这家人打过架。放火这种事他敢干，也只有他才能干得出来。”又问此人平时的表现，干部回答此人野蛮成性，毫无人性，平时打爹骂娘的事他都干。他不仅虐待母亲还殴打妻子，手段之毒辣全村闻名。外村也知道他的种种恶行，这人作恶从来不计后果。我问：“他现在在家吗？干什么呢?”村干部说：“在家，昨天还见了。”

我见有重点怀疑的对象，于是对村干部说：“这也不难办，明天你们把他找来，就说是让他协助公安局破案。说他是老公安了，想和他谈谈该如何破案，算是向他请教，这样他容易接受。”大队干部说：“好，明天叫他来这儿。”

第二天，九点多，大队干部在外面喊：“老乔来了。”对这种人我们三个昨夜已商量了对策，要高度警惕，如果是他作的案，根据其一贯表现，要防止他行凶。我叫小孟提前预备茶水，让崔玉保持戒备。我告诉小孟乔宝全落座后，由小孟将桌上的茶水杯推给他。这样，会在茶杯上留下完整的指纹，随后提取鉴定。一听喊老乔来了，我马上出屋相迎。只见这乔宝全五十出头的年纪，一张方脸，满头乱发，中等个儿，宽肩膀，走路很快，匆匆忙忙的样子。我盯视他的双眼，他的眼睛显得混浊无光，看不出他对这次找他来是否心存戒备。要知道，这是村里的凶神，没人敢招惹的主儿呀！当时，乔宝全扛着一柄六七尺长的间庄稼苗用的撇子[1]。我怕出意外，忙打哈哈，装作很熟悉的样子说："老乔，你还真去干活儿啊，怎么不叫你儿女干，省着他们干什么?"说着，我假装不经意地夺下他的撇子，递给大队干部，然后使个眼色叫他拿远点儿。

进了屋，我说："老乔，你是老公安，我们年轻经的世面少，破案上你给出出主意，先喝杯茶吧。"说着，小孟把桌上的茶杯顺势向乔宝全跟前一推。只见乔宝全大大咧咧一点儿不客气，旁若无人地坐下，又好像应该受款待似的，一把抓起杯子喝了起来。见此情景，我心里一块石头落了地。看来他是毫无戒心，也许是根本就不在乎我们找他。他已将处分、劳教视作家常便饭了。接着他开始山吹海哨，大谈解放初和一九五几年在公安局的威风，如何破案，如何抓土匪，如何拿绳子捆人。他还以为我们三个年轻人不知道他在公安局胡作非为、惹祸闹事的那点儿臭底呢。我们顺势肯定了他几句。我打断他说："老乔，耽误你干活儿了，今天先到这儿，改天再聊。"就这样送走了他。

等他走后，我们一看杯子上的指纹完整清晰。我心想，这个被清除出队伍的败类，看来就有吹牛的能耐吧！公安局专程派车将杯子送到公安部一二六研究所做了指纹鉴定。鉴定结果出来了，茶杯上的指纹和现场遗留的瓶嘴上的指纹被认定为同一，乔宝全即纵火犯无疑。

① 锄头一类的工具。

让人意想不到的盗窃犯

1982 年 8 月 31 日，城里一个很熟悉的朋友来派出所向我报案：“他侄女十来天前到信用社去存了几百元钱。今天急用钱，可到信用社去取，信用社说钱已经在几天前被人取走了。可是存折分明没被动过，这次取款存折还是现从箱子里拿出来的。”我安慰他说：“别急，我安排人给你去查。”于是，我抽调了所里两个精干的民警去破获此案。

失主住在大辛街房产所新改建院里。南北一条道，东西两排新建的平房，共住了十几户人家。因当年都是小平房，人口少的一间一户，人口多的两间一户，最多的不超过三间。失主朱某，女，已婚，有一个小孩儿，住东面两间屋。屋里的门窗没有被撬压破坏过的痕迹。存折在屋内的箱子里，朱某在拿存折取款时也没发现异常。我听了汇报后很奇怪，这不见鬼了？哪里都没动过，存折飞走又飞回来了？难道是熟悉内情的人，乘主人不备，乘虚而入？办案民警反映紧挨着失主住的叫赵文荣，是个女的，最可疑，传唤了好几天了。赵文荣这个人我知道，是政法机关某领导的女儿，从小手脚就不干净，爱小偷小摸的，现在有十七八岁了。她旧习难改，是被派出所传唤的常客。想到这里，我接着问情况怎么样。办案人说："不老实，一会儿招了说是她偷的，一会儿又翻供，还故意扰乱视线。"我说："怎么搅乱视线?"回答说："一会儿说乘主人外出门没关严，进屋从床铺底下翻出的存折取的款。一会儿又说乘主人外出不备从窗户翻进屋里，从桌子抽屉里翻出的存折取了款。可主人说过，这些天门窗没被动过。我们察看现场门窗也没有被动过的痕迹，显然她是在胡说八道。"

赵文荣的父亲是新中国成立前参加革命的老干部。他来所里找我，态度很诚恳，说没有教育好孩子，从小有这毛病没有改过来。他有责任，要求派出所帮助教育。看来，从女儿的一贯表现来看，他心里也没底，认为两家紧挨着，有可能是女儿作的案。我只好安慰他，要他放心，一定会弄清楚的。

案子一直没破，我亲自带民警先从现场入手，详细看了失主的房子，并询问了失主什么时间存的钱，存钱的大致情况。朱某说十多天前我和表姐李某到城关镇信用社存的钱。我一看屋内没人，就问她表姐在哪儿。她回答说："前十多天表姐从老家来这儿看望我，住了两天就走了。"我问："你们怎么存的钱?"朱某说："我和表姐一起去的信用社，我抱着孩子不方便，表姐填写的存款单。"我又看了一下屋子，检查了一下门窗，一如办案人员所言，没有撬压的迹象。我问朱某："存折始终在箱子里吗?"回答："一直放在箱子里，前几天，我拿出来去取钱，信用社一查账，钱取走了。"

出了朱家门一看，赵文荣家和朱家是邻居，都是一条房脊的房，都在东面，门挨门，按常理、位置、条件，赵文荣的一贯表现，的确值得怀疑。

从朱家出来，我们直奔信用社，找到负责人。因都属涿州镇，彼此相熟。我要他查找出朱某的存款存单，之后，我又要他取出取款单。两张单子拿出来，我一看上面的签名和填写的日期，不禁愣住了。这两张存单上的姓名签字和填写日期的数字，太相似了！莫非一人所为？填存款单的人是朱某的亲表姐呀！可这取款单的签名和日期与存款单太相像了，我和信用社负责人相商，这两张单子我打借条先用几天。负责人急了，说：“不行，你拿走了我这里的存单就没有了底账。”我说：“写借条押在这里。”他说：“不行，人民银行有制度，这样办我得受处分。”商量来商量去，他勉强答应了我只拿走取款单，留下借条光个人签名借还不行，又盖上了派出所的印，说明是工作需要。存款单他是无论如何也不敢外借的，因为那属于底账。

我拿着取款单，找到了朱某，当然不便暴露我的意图，问她：“你表姐在你家待了几天，何时走的?”朱某答：“来的时候说待几天，和我去信用社后，待了一天，说家中有事，提前走了。”我说：“你这里有你表姐的信件什么的吗?”她说有，就拿出了几封信，信上都有落款姓名和日期。我问朱某她表姐的住处，说我们也得向她表姐了解一下，看她发现那两天有没有可疑的人。朱某很感动，觉得我们很用心。当然，她绝对猜不到我的真正用意。

因其表姐李某是党员，对党员侦查需开介绍信，于是我到公安局政工科开了信，并带上了取款单和李某的信件。第二天我就坐火车赶到了保定地区公安处，将这些证物交给了文检的民警。他叫我回去听信，尽快作出鉴定。两天后，文字技术检验鉴定书出来了“取款单上姓名签字和送来的李某信件上的笔迹认定为同一”，证明取款单上的签字确系李某所写无疑。

问题清楚了，钱是朱某的表姐李某取走的。真相大白了，箱锁没动，存折里的钱不翼而飞，表姐李某心中有愧原说来住几天，取钱之后，待了一天即匆忙走了。

拿到鉴定书后我返回信用社，还取款单，顺便向业务员了解取款人的模样、特征。很难得业务员对这个取款人还有印象，介绍了取款人的身材、相貌特征，基本上与李某相符，时间是上午十点多钟取的款。

李某去取款是在朱某上班以后，李某曾抱着朱某的孩子去串门，约摸十点钟在县医院处碰上其舅母下班回家，而从县医院向北行约二百米正是信用社。到信用社应是十点多钟。时间、行程、方向相符。唯一不好解释的是，信用社人说取款女青年单身一个人来的，那么她把孩子放在何处了呢？难道让小孩儿在门外等，或是托熟人看了一会儿吗？她初来乍到，街上会有什么熟人呀？这些疑问只能去询问李某了。

我找到报案人说明情况，并把技术鉴定书叫他过目。他呆了。这种结局是他做梦也想不到的。他说：“可能吗？我这个外甥女是党员，在村里是团支部书记。”我说：“技术鉴定最说明问题，而且从箱子里拿存折取款又放回箱子，如果外人作案没有这样便利，冒险把存折放回箱子里，更是多此一举。这样做有被抓住的危险，只有你外甥女看家，有这条件，又无危险。这样吧，把她找来让她交代，不就都清楚了。”朋友为难了，沉思良久，说：“要不算了吧。弄不好她会没脸做人，还会亲戚失和。你看算了行吗?”

我当时也为难了，再一想，这毕竟是一家子的事，表姐见财起意，一念之差铸成了恶果。如果没有那样的方便条件，她也许不会生此邪念。报案人也是她的亲属，既然亲属要求不予追究，那就不予追究了吧！这事就此停止不查了。

此案的不足之处在于，只重视了第一现场失主家。相邻的又有一个惯偷的女青年，因而重点工作都放在了这人身上。急于求成，而忽视了第二现场取款的信用社，因而使案件的破获走了一段弯路。勘查现场未循程序，调查未从现场出发，这是本不该犯的错误。

一席恳谈挖出两起重大盗窃案

1983年夏日的一个夜晚，我带人到火车站候车室和车站旅店例行检查。走访中，旅店服务员谈起近来车站职工家属院连续发生几起入室被盗案。丢失的钱数都很少，值钱的电视机、双卡录音机都未动。拿走的都是小人书、皮球等玩具，所以没报案。

我听着心想这应该是青少年作案，因为玩心正浓呢。回来的路上我就想，这些十几岁的孩子，如不加强教育，几年以后就成了二十来岁的小伙子。如果恶习不改，定成大患。于是，我决定在违法青少年帮教工作中加强守法教育。

第二天的所务会上，我强调了各分片民警加强对不法青少年的帮教工作，要真正落实帮教小组的成员、措施、每月谈话次数等细节。

领导应以身作则，我在当天下午便将最不让人放心的磨床厂几名职工子弟找了来。这几人年龄都在十四五岁，有的在校经常旷课，有的已辍学在家。他们无所事事整日在街上游荡，染有偷摸等恶习。

思想教育过后，我要他们说说自己最近的表现，揭发坏人坏事。这些人说自己都很消极，揭发别人却都踊跃发言。他们说到城里靠西城墙根五居民街的贺来子现在很有钱，经常请他们看电影。每天光买冰棍就花一两块钱，除了自己吃以外，请客也大方。我一听，每天一两块钱，一个月就是三四十元，一场电影要说一两角钱，几场下来也得几块钱。要知道，那个年代这是一个十年工龄的职工的工资，要养活一家几口人的。

结束谈话后，我打电话通知街道要贺来子来派出所一趟。当时我的想法就是了解一下车站家属院的案子会不会与他有关。

很快，贺来子来了。他是我们的帮教对象。他十五六岁，正上初中。尽管长得眉清目秀，聪明伶俐，可他上学三天打鱼两天晒网，在校内、街道、社会上都有偷摸行为。因为家里兄弟姐妹多，父母也管教不了他，有时他父亲实在没办法了只好求助于派出所。于是，我对他说："今天找你来，是因为你最近又办坏事了。"他不承认，说最近一段一直很老实，没有偷盗行为。我说："你没说实话。你最近花钱大手大脚，钱哪儿来的?"他一听不言语了。我要他交代又去哪里偷摸过，他交代了几起小偷小摸，虽是车站附近，但未说出车站家属院的案子。我想，他交代的那几起案件，盗窃数量有的比车站家属院案还大些。因此，他不会是故意隐瞒不说，可能确实不是他做的。我又想起了车站铁路东"西河中学"财务室被盗一百多元的案子，就对他说："不光这些，要说都说干净，往铁路东边说，那里你还有事。"我本来是想唬他一下，谁知他听了脸色大变，吃了一惊。他两眼直转，后来又用两眼盯着我看，似乎是在看我是真的知道他有事，还是说的一句套话。他的表情替他泄了密。我心里有了底，看来西河中学的案子有可能是他做的。我让他别再站着了，先坐下来稳定一下情绪，然后对他说："慢慢说，不着急，铁路东的案子你交代一下吧。"他低着头呆了会儿说："我说，工业局的那起案子是我干的。"什么?工业局? 这次轮到我吃惊了。但我马上稳定了情绪，不能在他面前露出破绽。我故意放慢语调对他说："是工业局经销公司那个事吧?"他说是，我心下大惊。工业局的案子是目前县里的一个大案，工业局经销公司财务室被盗四千七百多元。要知道那个年代一辆自行车一百多元，一块手表一百多元，丢了都得组织力量侦破。而四千多元相当于三十辆自行车和三十块手表的价值，案子是多少年来少有的大案。为此，刑侦队杨队长组织七八名民警已经奋战了一个月了，可至今毫无进展。财务室在二楼的一个房间，房内东、南两张桌子，一个女出纳，一个男会计。会计南面靠窗一张桌的中间抽屉里放着这四千七百多元钱。财务室两个人，下班半小时后回来，发现门没撬，窗没开，抽屉锁没撬，四千七百元钱不翼而飞。刑侦队进行现场勘查，除门、窗无毁坏痕迹外，室内水泥地也很干净，没有足迹。抽屉锁未撬，桌面、抽屉面也没留下指纹。刑侦队到派出所通报过案情，也征集过线索，一无所获。女出纳排除了，最后重点工作自然放在了那个男会计身上，认为是内部作案，有可能是监守自盗。男会计有口难辩，自己也常对人磨叨说："是呀，只有半小时，门窗未动锁未撬，别的抽屉没钱都没动，就我这个抽屉有钱，钱就没了。如果不是我，是谁呢?"他都觉得不好解释了。精神压力也非常大，觉得无法申辩，精神有些恍惚。

就这个大案，难道是眼前这个十几岁的初中生干的？此案现场没留下证据，那么重要的也是唯一的证据就是赃款！我马上收住思路，对贺来子说："钱剩了多少，你放在了哪儿？"他说："我就花了一二百元，剩下的都放在南塔上了。""什么？南塔上？南塔上什么地方？"他回答说："我埋在最顶层破砖堆里了。"这时早已下班了，天色也黑下来了，我已忘记了还没吃饭，对他说："你带路，钱能找到吗？"他说能。我马上通知楼上的民警带上手电，押着他向北大街走去。快到观音堂街时，碰到回所值班的民警孙志江，小孙随即和我们一起到了南塔下。留下一人在塔下守卫，我和几个民警押着贺来子一路摸黑往南塔上爬。南塔就是智度寺塔，是千年辽代建筑。在1927年晋军傅作义守城时，已被城外奉军炮火轰去了上半部的东边两层的一部分。1976年大地震时顶部又坍塌了，已成危塔，早就竖牌警示，禁止游人攀登。可是今天顾不得了，一路向上爬，手电光也弱，视线不好，看不清台阶。不时哗哗地踩下碎砖、泥土，再加夜深人静四籁无声，越觉令人心惊。最后终于到了破烂毁坏的塔顶。贺来子指着一个地方，说："在这儿。"他下手就挖，挖出一个破旧报纸包的包。我们上去用手电一照，发现厚厚的十元纸币一大沓，来不及清点，我让小许拿好，我们迅速下了塔，径直回了派出所，仔细一清点，四千五百多元。看来这小子真没花多少。贺来子详细交代了作案经过。原来，贺来子曾随人到工业局经贸公司拉过货，随车主到财务室取过货款，所以知道那个靠南窗的桌子中间抽屉里有钱。又看准了门是撞锁，所以后来到经贸公司行窃，他先盯着两个会计下了班，上楼用硬塑料板捅开撞锁的门，用改锥将抽屉底板的纤维板捅开，钱就掉在干净光滑的水泥地上。他赶紧把钱拢在一起，又把抽屉底板托上去，带着钱离开了。作案时间都不到一分钟，且无足迹、指纹。一个失窃数千元的大案，作案过程就这么简单。做完了笔录，已是深夜十二点了。

我对办案的民警说："刑警队的案子，叫他们来接人吧，我们移交。"于是给刑警队打电话说："工业局的案子我们这儿有线索，请你们带技术科的人来吧。"尽管是深夜，因折腾了一个多月都无线索，所以他们一听有线索精神头就来了。很快刑警队的人来了，进屋问什么线索。我介绍说："人赃俱获，口供也在，你们给赃款照相把人接走吧。"他们几个见到人和赃款、笔录，个个欣喜若狂。他们有些惊异地说："真没想到是这么个小子干了这么大的事。"

几天后，我想还得找磨床厂那几个子弟做做工作，了解了解情况。于是，我先找来的是一个老实些的孩子。谈话中我问贺来子还经常干什么。他说别的就不知道了。他爸爸管教他严，还常揍他。开春就因为揍他，他跑了好多天。我问："跑哪儿去了?"他答："跑到东门粮库里躲了几天。"我说："那是粮食机关，谁叫他进去? 他夜里住哪儿?"他说："他翻墙进去，躲在盛粮食的大库房里。铺的是空麻袋片，盖的也是空麻袋片。库房大，发现不了。"我问："他吃什么，怎么解决?"他答："他起早出来，买好吃的喝的东西，晚上再翻墙进去睡觉。"听到这里，我的心里又是一动。这个贺来子出入东门粮库如入无人之境，还竟然在里面吃喝住这么多天。这么多天，竟然无人察觉，东门库如在他的掌中，他还有什么办不成的事？我突然联想到东门库几次开票室被盗，虽然有民警将案子破了，案犯交代了作案经过，是个惯犯，还退出了赃款、粮票等，可是现场指纹对不上。

想到这里，我想要是贺来子做这个案，以他吃住在粮库，对环境的熟悉程度，那是再容易不过了。联想到他在工业局作案那么干净利落，多年的老手都比不上他，绝不能轻看了他。于是，第二天我带人到了看守所。预审股的大徐同志正在审问贺来子，见我来了，又是我办的案子，问什么事。我未正面回答，只对他说叫贺来子出来一下。大徐同意，把贺来子带出预审室，站在院里，叫他立正站好。因前方即是东门粮库的后院墙，预审的几个人围了上来，还有几个战士也围了过来。我问贺来子："前面是什么？"他回答："厕所。"大家一阵儿大笑。靠东门粮库的后墙有一个看守所的厕所，所以大家都笑了。我接着说："没叫你看厕所，你再睁眼看仔细了，前面是什么？"这次他回答说："大墙。"我说："这才对了，我问你，哪儿的大墙？"他听了不言语了。这样沉默了会儿，我说："我给你机会，还是坦白的好！"他沉不住气了："我交代，我还偷过两回东门库！"我说："好了，你回屋吧。"这样回到了预审室，我对大徐说："接下来就是你们的事儿了。"大徐说："你真行。"随即提取贺来子的掌纹和十指指纹，派人送去技术科。我又问贺来子："你这么多赃款难道都能花完，剩下的钱在哪儿？"他说："还在那儿。"我问："南塔？"他说："是。"之后派出所的和预审的民警又爬了次南塔，取下了他两次盗窃东门库开票室的近千元钱和几百斤粮票。大家说："南塔成了这个姓贺的储蓄所了！”

第二天，技术科的指纹鉴定出来了，原东门库开票室窗玻璃上的指纹和贺来子指纹认定为同一，贺来子系作案人无疑。

显然，前一个人尽管一贯作案、劣迹斑斑但现场指纹不是他的，退回的赃款是家里拿出来的。因为他经常偷盗，家里人对他也心里没底。他被迫承认，所以家里就替他退还了赃款。反正以前他也是把赃款挥霍一空，家人认为他承认盗窃后没赃款也正常。而退赔的几百斤粮票是家人东拼西凑的，这是一起错案。

巧破蓄意报复案

1984 年的 2 月 1 日，是农历的大年三十。我因昨天夜间在派出所值班处理治安案件，所以第二天起得有些晚。忽听咚咚的敲门声，民警小许喊着：“所长，快起来，出现场!”我一听，一骨碌起身，马上穿好衣裤起床。小许进来，我忙问：“什么现场？在什么位置?”小许说：“被盗一辆飞鸽大链套自行车，是常委家属院的田副书记家的。”我一听吃了一惊，偷什么地方不好，怎么偷到那儿去了，还偷到书记头上了。常委家属院就是涿县县委常委以上的领导干部住的家属院，是两排平房。丢车的这位书记我也熟悉，是抗战初期参加革命的老同志，当时担任县委副书记。

我赶忙匆匆擦了把脸，来不及吃饭，和小许、李三明二人一起赶到了现场。

派出所在鼓楼大街最南头，靠近原先的南城门，和东边的常委家属院只隔一条东大街，不到三百米的距离。家属院在东西走向的“文昌祠”街西头路北。我们进了院，到了田副书记家，听其家人介绍情况。这时围上来几位同志，都是县委领导和家属。据田副书记家人介绍，昨晚自行车和往常一样，停放在屋门口，可今早一看，车没了。什么时候没的？不清楚，不是昨晚便是今早。车子有何特征？答是多半新，只是后车架有一立柱断过，焊上了，就这一明显特征。我们又问围着的各位领导，昨天白天或晚上有陌生人或不常来的人来过吗？大家回答没什么印象。了解完情况一边往外走，一边听身后的同志议论："丢了就找不着，大年下的哪儿去找？破不了案！"我们没理会议论，一直走出了院子，骑车回到了派出所。

谁知，刚进派出所，女户籍警小王便急匆匆地对我说："所长，二楼被盗了，我东西丢了！"我一听，急了。这是怎么回事？大年关的，真是福无双至，祸不单行了。刚出了自行车被盗现场，才回所怎么所里也被盗了。我问她："是你房间吗？"她说："不是，是阳台上的衣服和东西。"我和小许、三明上到二楼阳台，一看晒衣杆空着，问她丢了什么？她说："浅粉色尼龙秋裤、粉棉毛裤共两件。粉红罩衣一件，白色和黄色尼龙衬衫两件。"我们一看阳台上还有个硬纸箱，里面有几条猪肉和下水，表面洒满了煤渣，一片狼藉。

我们正看时，三楼、一楼的人也围了过来。涿州镇派出所是一个三层小楼，三楼是涿州镇税务所，一、二楼从中间楼梯分开，北边是涿州镇工商所办公房，南边一、二楼才是派出所。一见都偷到派出所来了，大家议论纷纷。

当时我也很生气，大年三十，先是常委家属院丢了自行车，接下来派出所被盗。

我马上召集小许和李三明到二楼我房间研究案情。这两起案件是否有联系呢？偷自行车好解释，哪里得下手便在哪里作案。看见车没上锁，当然不客气，骑起来便走。可偷派出所就不那么简单了，门前挂着派出所的大牌子，出入有警察。涿州镇派出所当时的辖区除老涿州镇城区外，还包括了西河公社并过来的厂矿区、机关卫生单位外加十几个生产大队，比过去两个公社的辖区还多。正式民警就有十五人，厂矿抽来常年协助工作的青年工人近二十人，是当时全保定地区有名的第一大派出所。这盗贼绝不会马虎到不知这里是派出所的地步。若如此，那他就是成心和派出所过不去，叫派出所难堪。涿州镇派出所是保定地区第一大所，又是省模范派出所，要是破不了案声誉将一落千丈，这恐怕就是犯罪嫌疑人的目的吧！

犯罪分子选择在腊月二十九晚间作案显然是有预谋的。年关人们正忙着办年货过年，明天就是大年初一，你就是想破案，大过年的到群众和居民街去调查走访，不是给人们添堵吗？那毕竟不是去给人家拜年呀！我们三人议论着，作案的这小子选择这个关口作案，真是用心够损的。俗话说贼不偷年，正月里都是家人团聚的日子，不便下手。贼也得过年，这小子怎么不顾道里的行规，年下作案呢？这是个什么样的不管不顾的贼呢？

我们又研究起这两案之间究竟是互不关联，还是一箭双雕故意为难派出所。他先偷常委家属院，还是副书记家，让你们派出所在领导面前下不了台。再偷派出所，让你们派出所在全城丢人现眼。这样你还想过好年？越分析越觉得是冲着派出所报复而来。

确定了是犯罪嫌疑人对派出所实施报复之后，我们开始分析是哪些人有可能作案。但几年来受过派出所打击处理的人多了，尤其是去年开展的全国性严打，处理的人更多。要讲报复，这些人哪个不想报复。具体到这两起案子只能是一个人最多是两个人报复呀！这一两个人从何处下手摸排才能找到呢？我们三人当时犯了难。各人的脾气禀性不同，可能处理问题的方式也不同。那些受打击处理重的，即使报复也不一定会采取这种方式。受打击处理轻的要是心胸狭隘、报复心理重，也没准会前来报复。从目前的情形看，此人应是后一种人。但即便如此，面对涿州镇众多受过打击的人员，我们应从何下手呢？李三明、小许二人提议，从近期受过派出所处理又心胸比较狭隘、有报复心理的人中查找。

沉默了一阵儿之后，我脑子里猛地一闪，想起了昨天中午的一件小事。说是小事，是因为小到一般不会拿这个事当个事。事情是这样的，昨天中午我和几个民警在办公室因处理治安案件临近中午了也顾不上吃饭。正在这时，从门外进来一小伙，二十多岁、瘦高个，衣服光鲜还带着毛皮领子，脚蹬锃亮的皮鞋，面貌端正俊气，分头梳理得缝线分明，十分整齐。初一看，给人的印象十分干净。可他进来后没和谁打一声招呼，便径直走向办公桌去抓桌上的电话机。我以为他认识别的民警，于是向几个人扫了一眼，却见他们几个也是一脸茫然，那么这人应该是个不速之客了。只见他抓起电话筒，就要拨号。我马上起身按住了按键，对他说："你干吗？"他回答说："打电话。"听是当地口音。我又问他："往哪儿打？"他说："琉河。"琉河，就是琉璃河，是北京市房山县最南边和我涿县东仙坡乡接壤的一个村镇，有几条农业街，也是镇政府所在地。

其东边是京广铁路的琉璃河火车站，靠车站还有一家国营大型水泥厂，青工较多。外乡人和涿县城南的人，都称其地为琉璃河，而涿县城北靠近琉璃河的东仙坡乡一带和琉璃河本镇的都称其为琉河。这是当乡人和离这个镇远些人的语音差别。我对这个青年人说："这是派出所的电话，是我们工作专用的。你打琉璃河电话是长途电话，要交长途电话费。请你到马路南邮电局去打。"邮局就在路南，也就五十米距离。他说："你们不是为人民办事的吗？怎么打个电话都不行？"我说："为人民办事不错，但有分工，邮电局也是为人民办事的，而且专门受理长途电话，所以按照分工你还是到邮局去打吧！"他显得有些不高兴，嘴里嘟囔了一句什么。因为声音太低，我没听清，只见他一摇三晃地向门口走去，还回头停下脚步，对我望了望。他这一停、一望，我清楚地看出他的眼神和进来时随和的目光不一样，变得满是怨气和凶光。他狠狠地瞪了我几秒钟，之后回身出门而去。

当时大家只是觉得这人可笑，衣着华丽却舍不得花个长途电话费，却到派出所来找便宜。大家说笑了几句就过去了，可是我却记住了这个人怨毒的眼神。

想到这儿，我对小许和李三明说："今天已是年三十，找发案的街道群众去做访谈工作，谁家过年没点儿事，人家嘴上不说，心里肯定也烦。我们先不去了。你们还记得昨天打电话那个人吗？"他们一想说："就是你叫他到邮局打电话的那人吗？"我说："对。"他俩说："这人有什么可疑吗？"我说："我也说不好。咱们当时也没问他从哪儿来，到哪儿去，姓什么叫什么，干什么的，可是敢肯定他是琉璃河那边的人。凭我对他直观上的感觉，这人是个报复心理重的人”。他俩说：“可能吗？我们不就是没让他打电话，又没把他怎么样。”我说：“按理说是这样，应该没什么，只是我直觉上感觉这人不是一个开通的人。不在事大小，事大心宽的人也不会往心里去，事小碰见小人他心里反倒排解不开。这样吧，不细说了，他说过打电话是往琉河，我们到琉璃河派出所去一趟，看他们掌握不掌握这个人的情况。”他俩见我这样说，也说好，只当到琉璃河转转。

这样我们三人骑车二十多里到了琉璃河镇派出所。

琉璃河镇是个大集镇，辖区内有一个铁路火车站。琉璃河站附近有一个水泥厂，青工多，上下火车流动人口多，所以治安情况复杂。镇上的不法青年和涿县城里的不法青年常来往，不时在两地交替作案。到了派出所，所长没在。张副所长和几个民警都是熟人，对方说大年三十怎么还来了，有什么大案吗？我们介绍说大案倒没有，只来了解一个人，看你们掌握不掌握他的情况。我们把昨日那个小伙子的身材、面貌、体态特征、穿衣打扮介绍了一遍。张副所长和所里几个民警对望了一眼，笑了：“他又到你们那里去添麻烦了？”我一听这口气和他们相视而笑的神态，便知道他们不但认识这人，还说他又到我们这里添麻烦了，看来这人是在派出所挂了号的。我马上说：“张副所长，看来你们掌握这人，他也作过案？这是个什么人？”张副所长说：“这人叫江瑞武，是我们镇国营商店的正式职工，就是西边不远的赵各庄乡人。前几年他因搞对象失恋了，精神受了刺激，所以常做出一些怪异的事来。”我说：“看不出来呀，他穿着打扮很时髦，面容干净，说话也没听出毛病呀！”张副所长说：“搞对象失恋的人，都好打扮，再说他病情不太重，说话也不走板，也不骂人打架，不是说话时间长了，你看不出他有毛病。”我问张副所长：“他到哪里干过麻烦事?”副所长说：“良乡、窦店，他常去玩，因为他这种病，不让他上班了，叫他在家治病休养。所以他有闲工夫，去良乡、窦店玩时，别人惹着他，他也报复一下。有时坐市郊车去，回来没准就抄一辆自行车回来，他家里还得赶紧联系派出所找失主。他有病，倒没有意识到这是盗窃！”

原来如此，那田副书记那辆车有可能也是他顺手推走的。

张副所长吩咐民警，陪我们去一趟村里了解一下情况，看有没有自行车。如果车还在，顺便提取回来。看来，张副所长的把握很大。

很快民警们就回来了，带回的果然是昨天去我们派出所打电话的那个青年，还是昨天那个打扮。同时民警们还推回来一辆自行车，就是常委家属院那辆车。我上前一看，可不是嘛，多半新的飞鸽大链套车，后车架立柱焊过，特征没错，几件衣服也拿回来了。

这个江瑞武有轻度精神病，不适用刑事处罚的法律规定。那我们也得作一详细笔录好结案啊。

于是我和他谈话，李三明做笔录。我说：“江瑞武，昨天你到涿县干什么去了，怎么去的?”他说：“我去涿县玩玩，早上坐火车去的，中午想回家，想往单位打个电话叫朋友来接我，可你们不叫打。”我说：“不是说了么，你打的是长途，要付费，应该到邮局去打。”他说：“就算要付费，能花几个钱，你们这么点儿事还这么支使人，值得吗?”他还挺有理，这话听着好像有理，可细一琢磨，可不是精神不正常吗？我说："那你为什么拿派出所的东西？"我用的字眼是拿，并未用偷，怕刺激他。他说："你们不让我痛快，我也叫你们过不好年。"琉璃河派出所的同志一听也笑了。我说："你为什么推人家自行车。"我仍然没有用偷字。"你知道那是哪儿吗？"他说："你们不让我打电话叫朋友来接，我就骑自行车回来呗。离你们派出所不远那个家属院里，我听有人叫张书记、杨书记，我心想可能是个干部家属院，车又没上锁，我就推了车，叫你们吃不了兜着走，肯定你们得挨批。派出所丢东西，大年下的也得现眼。"我一听，这人外表漂亮，着装打扮入时，可报复心太强了。

原来昨夜家人见他骑回了自行车，知道他又办了荒唐事，已就车子的事向赵各庄派出所报了案，派出所还未来得及提取，我们就来了。

笔录做完，我们安抚了一下这个江瑞武，欢迎他去涿县玩，有事找我们解决，他高兴地答应了。

我们辞谢了琉璃河派出所，带着提取的衣服和田副书记的自行车回到涿县，没回派出所，先到田副书记家退还丢失的自行车。家属院一见半天自行车便物归原主，对我们办案速度之快也感到惊奇。田副书记一家也很意外，表示感谢。田副书记还夸我们办得好，工作认真。失物招领，打了收条，我们回到派出所。小王的东西交给了小王。工商所、税务所一传，知道派出所半天便破了常委家属院自行车被盗案和派出所被盗案。怎么破的大家不知道，凭空添了几丝神秘色彩。我们化被动为主动，未使派出所名誉受损，反倒使声誉大增。

这个案子与别的案都不同，只是抓住了这个不速之客的一些反常表现，从暴露出的“琉河”二字，竟然顺藤摸瓜找到了作案人。

办案中公检法机关要互相配合

1982 年 9 月 4 日近午时，西北乡官驻庄，村西玉米地发生一起凶杀案。女村民赵秀荣，时年三十八岁，正在玉米地间的豆角架上摘豆角，被人割断两侧颈动脉，血喷尽而亡。

现场有受害人进豆角架摘豆角的足迹。另有一行出入足迹，显然是犯罪嫌疑人的。经提取现场足迹为二十六公分长，系波浪花纹底的解放鞋印。

刑警队杨队长带人破案很快确定了嫌疑人。嫌疑人在村里不务正业，好搞男女关系，并且当日有人见其从玉米地出来，裤脚有血迹。当时认为这个嫌疑人平时有劣迹且裤脚有血迹，便急于求成，刑拘审问。可审来审去，时供时翻。嫌疑人的脚大，和现场足迹有明显的差异。案件陷入僵局，两年未破成了积案。

1984 年公安部开展破积案大案活动，省厅、地处严密布置，对凶杀等重大案件进行梳理，这起凶杀积案又被捡了出来重新侦破。

公安局重新组成专案组，重新侦破此案。我们重新研究案情、复查现场、还原现场，找原办案人员座谈。几经工作，一个人纳入了我们的视线。

犯罪嫌疑人割断了受害人的左、右颈动脉。这种杀人方式简单、快捷、有效，非常人所为。正因为如此暴露了其职业特征，犯罪嫌疑人显然了解人体结构，知道哪里是要害能致命。

经查村里有一老伤残军人叫刘炳会，五十多岁。抗战后期参军，历经解放战争、抗美援朝，打过仗，受过伤，在部队是外科医生。后因作风问题被军事法庭判刑，刑满遣送回乡。由于第一次调查工作不深入，走访群众面窄，故没将其纳入视线。

经县局技术科足迹检验，刘炳会的足迹与现场足迹相同，遂将其刑拘。经搜查他在村里开的外科诊所，各种手术刀均在，唯独缺一种外科手术用的截肢刀。为了慎重起见，我们请教了“保定地区四医院”驻涿州的外科大夫。他们从专业角度提出：如果是外科大夫在现场挑割受害人左、右颈动脉，只能是这种截肢用的手术刀。因为其他手术刀都是将龟头形刀片安在刀柄上，唯有这种手术刀是连体的，长有水果刀大小。这种刀带在身上，用起来顺手。当然，也有可能用其他刀具。

提审刘炳会，要其交代截肢刀的去向。刘炳会顽抗拒不交代。我们追问急了，他便胡说一通。他今儿说埋在某树下，派人挖树下没有；明儿又说扔在村东大水坑内。我们用抽水机抽干水，又求驻军工兵用扫雷器扫，破铁块、烂铲、锅、勺扫出来不少，唯独没有截肢刀。刑拘并审讯其姘妇王爱珍，她交代当日刘杀人后迅速到她家，因她家离现场近又顺道。刘炳会将血衣和带波浪花纹底的解放鞋都塞进王家灶膛里烧掉了，以毁灭证据。

刘炳会拒不交代杀人凶器藏在哪儿，是因为心怀侥幸。刘炳会坐过牢，胆大凶残，不怕死。他熟悉司法程序，所以确实是个刺头。

他曾流露过："检察院不逮捕我，就证明他们证据不足拿我没办法。我只有不怕死，才能险中求活。"看来他一味顽抗，是抱定了只要咬牙坚持，不交代杀人证据，公安局就没办法结案。

事情陷入了僵局，为争取主动，由我带队去邢台公安处找步法追踪的专家范广银求助。

当时公安部推广步法追踪侦查破案，并分级办刑侦队步法追踪培训班，培训技术人员。这是一门既古老又新型的侦查技术，原苏联的步法追踪学是由在山林打猎的猎人发明创造的。而我国这门技术最初起源于内蒙古赤峰市的一个叫马玉林的老同志，他是草原牧人，在多年的放牧生活中积累了丰富的看牛羊马蹄足迹的本领。当然他也积累了看人足迹的本领，从足迹的长短、宽窄、对地面受力面积的大小，可以精准地推断出人的性别、年龄、身高、胖瘦等体态特征和走路姿势，甚至可以大概推断出人的职业特征。马玉林在"文化大革命"前调公安部任步法追踪老师，破获了许多疑难案件，名声大噪，人称马神仙。马玉林牧民出身，没文化，对自己的步伐追踪经验不能系统描述。因此，公安部安排多位高学历的侦查干部，长期和他一起勘查现场、破案。邢台公安处的范广银就是他的徒弟。

我们见到范工程师，将石膏模型交给他。他一看惊讶地问：“你们说嫌疑人是五十六岁的人？”我们回答：“是。”他说：“你们取错了吧，这是青年人的足迹特征。”我们回答说：“不会错，这是在现场灌注提取的。”范工程师不言语，仔细查看着石膏模型，看了会儿他又说：“这人的大拇脚趾有什么问题？”这一问把我们都问住了。因为我们始终没发现刘炳会的大拇脚趾有什么问题。我连忙问：“什么问题？”范广银缓慢地说：“不好说，可能是得过病，要么受过伤。”我说：“范工，不然麻烦您走一趟，到我们涿州去，当面看一下？”范广银说：“我还真打算去一趟，如果像你们所说的这是个五十多岁的人，就太少见了，我还没有见过，是得见识见识。”

这样商量定了，范广银同志第二天来到了涿州。范广银同志来到公安局，我们提出刘炳会，叫他在公安局东面空地的一块松软土地上走出了一趟脚印。范广银看了刘炳会的脚印感慨地说：“我从事步法追踪工作也有些年了，各种足迹也看了上千份了吧，可像这种五六十岁的人，却完全是青年人特征的足迹，步法特征也是年轻人的还是第一次。要不是亲眼所见，我无论如何不会相信这是真的。因为按照一般的步法追踪学理论来解释，你们所取的足迹模型是典型的青年人特征。不亲眼见到嫌疑人的足迹，一般会认为模型取错了。”

范广银进了审讯室，对刘炳会说：“把右脚的鞋脱下来。”刘炳会脱下了布鞋，范广银问：“你大拇脚趾头是怎么回事？”刘炳会把头一昂，骄傲地说：“抗美援朝时受的冻伤！”原来如此。范工程师果然不凡，刘炳会大拇脚趾受的是冻伤，早在邢台公安处范工一见模型便看出了特征。

至此，杀人现场遗留足迹，确属刘炳会无疑。

老孔等人送范工程师回邢台，顺便带回来了邢台公安处关于现场遗留足迹认定为与刘炳会同一的足迹鉴定书，附上此鉴定书向检察院提请逮捕。

检察院没有批捕。理由是保定地区还没把足迹鉴定作为技术鉴定使用，就是说不作为证据使用，没有法律效力。从省公安厅了解到，其他地市公安处局可以依足迹鉴定书报检察院捕人。保定地区检察院认为足迹鉴定有误差，不能用技术鉴定作为证据来使用。

最初范工程师鉴定刘炳会的足迹认为是青年人，为了释疑专程来涿州看了刘的步法特征后，确认是刘的足迹特征，得出了准确的鉴定。范工程师见了模型便说嫌疑人大拇脚趾有问题，经询问果然曾受过冻伤。这两点，就说明了范工程师鉴定得正确。杀人凶手不是刘炳会又会是谁?

为此，局里派人专程去了一趟内蒙古呼和浩特，由自治区步法追踪研究所鉴定了足迹模型，并出具了内蒙古自治区公安厅步法追踪研究所的技术鉴定书。也是认定杀人现场遗留提取的嫌疑人足迹系刘炳会所留无疑。

内蒙古公安厅的鉴定书的权威性当时仅次于公安部研究所的鉴定书，内蒙古是步法追踪发源地。

这两份鉴定书：一份是地区公安处所出，一份是自治区公安厅所出。

随着时间的推移，涿州检察院仍未批捕。刘炳会也嚣张起来，提审时拒不交代凶器下落。他认准了是没找到凶器所以检察院才不能批捕他。刘炳会在狱中对要好的人说：“我不交代刀子的去处就能保住脑袋，交代了也就没命了。”他把最要好的青年人，收为干儿子，答应出狱后教给他医术。临出狱青年人对刘炳会说："干爹，我出去后为了更保险，你告诉我刀子藏哪儿了，我埋到我们家那儿去，这样更远、更保险。"刘拍着这个青年的脑袋说："小子，多一个人知道，就多一份不保险。就这样挺好，只要我不说出去，他们就拿我没办法，我就能保住命。"

就这样，刘炳会尽管交代了杀人过程，但始终不交代凶器下落。刘炳会怕的是逮捕，认为一逮捕就会被起诉，但检察院不批捕就判不了他。刘炳会用这根救命稻草坚定了自己的信念，认为不逮捕就有希望。所以，他坚决不交代凶器下落。

公安局和检察院也沟通过，始终没有结果。

事情陷入僵局。放，有两份足迹鉴定书在，不能排除刘杀人的嫌疑。捕，没证据，检察院不批，这一点让刘炳会后来彻底放了心。所以，刘炳会在看守所一押就是四年。

1988 年的 10 月 28 日，保定地区政法领导小组带人来涿州召集保定地区检察院、保定地区公安处、涿州检察院、涿州公安局专门研究刘炳会杀人的案子。

涿州检察院负责刘炳会案子的同志和公安局负责案子的同志分别汇报案情，最后领导作了指示：意见倾向于定罪。原则上可按留有余地，从轻处理。即可降一格，基层法院做一审，地区做二审。可事后涿州检察院仍不批捕，致使降格处理也成为虚话。

此案侦破时间长，历时两年，曾错拘了人，错过了最佳侦查时机，因时过境迁，条件丧失，有的工作已失去补救的条件。再说刘炳会在部队就判过刑，了解司法程序，知道鞋子、血衣是重要证据。

直到 1992 年，地区政法委召开公检法司参加的政法委会议，研究积案，落实中央提出的久押不决、久拖不决的案件要解决，要清理监狱、看守所在押人员过多问题。会上又提出了刘炳会杀人一案，地区法院汇报了刘炳会的案件。我任司法局副局长参会。我因参与了侦破刘炳会一案，了解案情。我向与会领导汇报说："有的证据时过境迁没法提取，支撑证据的是两份鉴定书，没有其他证据。刘炳会一直心存幻想，拒不交代杀人凶器，致使案件拖到如今八年未有结果。"

没有证据对刘炳会只能先予取保候审，待将来补充证据后再收监处理。就这样刘炳会被押八年，取保候审走出了看守所大门。

经此一案，我深知公检法三家要相互配合，尤其是检察院要起法律监督作用。目的只有一个：打击犯罪，维护国家治安秩序。

世事难料，后来我也奉调当了检察长，从当检察长那一天起我便牢记刘炳会一案的遗憾。在履行检察院对公安侦查监督工作的同时，不忘与他们及时协调沟通，对退查案件、补充证据力求做到缜密无误。我告诫批捕科、起诉科，绝不能自以为是、以不知为知之。新中国成立以来，检察院几撤几建，元气大伤。二十世纪八十年代检察院刚刚恢复，人员素质与现在根本无法相比。检察院后来成立了反贪局、渎侦局，引入了侦查业务，对公职人员渎职犯罪也加大了打击力度。随着时间的流逝，人员情况、文化程度、业务素质有了很大提高。我任检察长期间慎之又慎，决心要使办事人员的业务素质更上一个台阶，以应对改革开放后的复杂形势。为此，我专程请来了最高检察院起诉厅副厅长闫敏才来给我院的检察官讲课，并对他们进行了业务考试。不要认为挑毛病是自己的事，补充证据是人家的事。共同补充证据，做到对侦查机关实施法律监督，既保护受害人的合法权益，又要依法维护犯罪嫌疑人的合法、正当权益。真正做到不枉不纵，公平正义。

后　记

书稿完成后，蒙原涿州市政协副主席潘玉文同志，严格把关，认真校订了三次。他不但对文中赘述部分做了大量删减，还对全文的结构、段落、病句、错字等做了认真修改，使文章读来更加畅顺。

原保定市广电局局长杨少山同志，连续几日对文稿进行校订，对文中个别不当的表述进行了删改，使相关内容更加符合当下的政策和法规。

对两位老友的热心帮助，在此表示深深的敬意和由衷的感谢。

2013 年 7 月

图书在版编目（CIP）数据

奇案直击／李焕志著．—北京：群众出版社，2014.3

ISBN 978－7－5014－5195－1

Ⅰ．①奇…　Ⅱ．①李…　Ⅲ．①纪实文学—中国—当代　Ⅳ．①I25

中国版本图书馆 CIP 数据核字（2013）第 293193 号

奇案直击

李焕志　著

出版发行：群众出版社
地　　址：北京市西城区木樨地南里
邮政编码：100038
经　　销：新华书店
印　　刷：北京通天印刷有限责任公司

版　　次：2014 年 3 月第 1 版
印　　次：2015 年 11 月第 3 次
印　　张：5.5
开　　本：880 毫米×1230 毫米　1/32
字　　数：150 千字

书　　号：ISBN 978－7－5014－5195－1
定　　价：20.00 元

网　　址：www.qzcbs.com
电子邮箱：qzcbs@sohu.com

营销中心电话：010－83903254
读者服务部电话（门市）：010－83903257
警官读者俱乐部电话（网购、邮购）：010－83903253
文艺分社电话：010－83901330　　010－83903973